KB065611

오늘도 계속

오늘도 계속

2022년 팬데믹을 지나는 우리들의 이야기

강인성 · 구　선 · 김선희 · 김태곤 · 박미선
박미정 · 박서연 · 예시아 · 유　선 · 이상록 · 이시원
이재영 · 장소희 · 주미희 · 최유빈 · 최은주 · 최지혜

책을 펴내며

코로나19로 인한 팬데믹 상황은 그동안 한 번도 경험하지 못한 세상이었다. 마스크를 쓰지 않은 사람을 보면 이상하게 바라보고, 누군가 내 옆을 스쳐 지나갈 때는 나도 모르게 몸을 비켜 멀찍이 떨어지려고 했다. 아이들은 학교에 가는 대신 컴퓨터 화면을 통해 수업을 받고, 직장인은 집에서 일을 했다. 사람들이 오지 않자 식당은 문을 닫고, 여행 수요가 없어지자 여행사 직원들은 회사를 그만둬야 했다.

다행히 세계 일부 나라에서처럼 도시가 폐쇄된다거나 시체가 쌓이는 일은 없었지만, 우리는 불안했다. 그러는 동안 우리는 백신 예방접종을 하고, 일상을 살아내야 했다. 백신을 맞고 부작용을 겪기도 했고, 백신을 맞고도 코로나에 확진되기도 했지만 다행히 다시 또 일상을 회복했다. 살아 있으므로.

어느 날, 우리는 우리의 이야기를 쓰기 시작했다. 어떤 이야기에도 팬데믹 상황과 맞닿아 있었다. 지금 우리가 살아가고 있는 상황이었기 때문이다.

코로나로 재택근무를 하는바람에 휴직이나 퇴사를 하지 않을 수도 있었던 이야기, '집밥'을 연구하다 돼지머리까지 들인 이야기, 여러 사람을 만나지 못하게 된 상황에서 오히려 한 사람에 집중하다 인생의 짝이 되어 결혼 날짜까지 잡은 이야기, 새로운 취미를 갖게 된 이야기 등 한없이 이어졌다. 우리는 어떠한 상황에서도 긍정적 자세로 살아가고 있었던 것이다.

아직 팬데믹은 끝나지 않았다. 그럼에도 우리는 이제 불안과 두려움보다 오늘의 삶을 충실하게 살아가고 있다. 우리는 살아있기 때문이다.

2022년 7월 편집자 임후남

| 목차 |

(이름 가나다 순)

면역 1

강인성

적당히 느긋하게, 적당히 열심히 살아간다

새벽 3시. 번쩍, 눈이 떠졌다. 암흑 같은 시간. 그 어느 시간 때보다도 깊게 잠들어 있어야 할 시간. 마려운 소변도 굳건히 참게 되는 시간. 그러한 시간에 번쩍, 하고 눈이 떠졌다. 이런 적이 없었는데. 왜 떠졌을까, 하며 의아할 틈도 없이 느껴졌다. 땀으로 흠뻑 젖어 있는 잠옷과 이불. 타는 듯한 뜨거움과 이가 갈리는 듯한 추위. 주체할 수 없는 떨림. 땀에 젖은 이불을 젖히자 온몸이 저주파 마사지라도 받는 것처럼 덜덜거리기 시작했다. 이러다 곧 부서질 것만 같았다. 빌어먹게도, 전날 맞은 백신 2차의 효과가 끝내주는 듯했다.

1차를 맞은 날엔 누구보다도 편안하게 넘긴 나였다. 그렇기에 주변에서 2차 백신을 맞고 쓰러질 뻔했다는 소식이 들어와도 흘려들었다. 그래 봤자 가짜 바이러스 주사인데 지가 아파봐야 얼마나 아프겠는가. 그래도 살짝은 걱정이 되어 저녁 식사로 양질의 단백질과 채소가 풍부한 족발을 시켜 먹은 뒤 타이레놀 한 알 먹고 11시에 잠이 들었다. 그런데 이런 충격적인 후폭풍이 나를 휩쓴 것이다

내가 할 수 있는 건 어떤 식으로든 다시 잠드는 것뿐이었다. 그 와중에 화장실이 가고 싶다는 내 방광. 눈치도 없는 녀석. 기어이 떨리는 몸뚱이를 일으켜 화장실로 향했다. 평소보다 뜨거운 느낌의 소변을 눈 후 느린 걸음으로 부엌을 갔다. 시원한 물 한 잔이 간절했다. 불덩이 같은 몸뚱이에 스며드는 찬물이란 어찌나 달콤한지!

그러나 물 한 잔으로 불덩이를 식히는 건 가당치도 않았다. 타오르는 열로 머리가 터질 것만 같았다. 눈은 감기고 입은 벌어졌다. 벌어진 입에선 의지와 상관없는 소리가 새어 나왔다. 아이고, 으아 따위의 소리 말이다. 이런 소리를 내는 것이 열을 내리는 데엔 전혀 도움 되지 않을 텐데 왜 나오는 걸까? 하는 쓸데없는 질문을 뒤로 하고 물수건을

만들기로 했다. 이 단순한 작업조차 얼마나 어렵든지. 수돗물에 적셔 대충 짠 물수건은 금세 미지근해졌다. 하지만 그런 물수건으로도 이마의 열을 식히기엔 충분할 만큼 몸은 뜨거웠다. 다시 침대에 누워 물수건을 이마에 올리고 생각했다. 도대체 내 몸에서 무슨 일이 벌어지고 있는 거지?

면역. 하나의 생명을 유지하기 위해서 끊임없이 벌어지는 전투. 백혈구라 불리는 기계 병사들과 바이러스와 세균이라 불리는 외부의 침입자들. 그들이 벌이는 전쟁을 우리는 면역이라 부른다. 생각하면 할수록 참으로 놀라운 일이다. 그 작디작은 것들이 아주 복잡하게 움직이며 내 몸을 지키고, 망친다. 믿을 수 없이 정교하고, 복잡하다. 신비한 일이다.

그 신비한 일이 지금 내 몸을 박살내고 있다. 몸 안은 뜨거움으로 터질 것만 같은데 바깥은 너무나 추워 온몸이 흔들릴 만큼 떨렸다. 어떻게 이렇게 뜨거움과 차가움이 함께할 수 있을까. 그 신비함에 몸서리 쳐져 이불을 꽉 껴안았다. 그리고 바이러스에 대해 생각했다. 생각해보니 진짜 바이러스도 아닌데, 내 면역은 무슨 죽음의 바이러스라도 들어온 것마냥 호들갑을 떨고 있다. 적당히 싸우는 척만 하다가 넘길 것이지. 멍청하고 무식한 놈들.

'눈 먼 시계공'이라는 개념이 있다. 영국의 진화생물학자이자 『이기적 유전자』로 유명한 작가인 리처드 도킨슨이 쓴 책 『눈 먼 시계공』에서 나온 비유법이다. 하나의 생명은 엄청나게 많은 부품으로 이루어진 정교한 시계보다도 훨씬 복잡하다. 만약 '진화'라는 우연의 반복이 지금의 복잡한 생명을 만든 것이라면 그건 눈 먼 시계공이 정교한 시계를 만든 것과 다르지 않다. 그건 아무리 만 년 단위의 긴 시간 동안 이루어졌다 할지라도 불가능에 가깝다. 어떻게 '진화'라는 눈 먼 시계공이 그걸 만들어낼 수 있는가. 결국 생명체는, 특히 그중에서도 가장 복잡하고 정교한 생명인 인간은 신이 만들어낸 피조물일 수밖에 없다라는 것이 눈먼 시계공 개념이다.

그러나 가만히 생각해보면 조금 이상하다. 신의 피조물이라면 복잡하지 않고 오히려 가장 단순한 형태이지 않을까? 복잡하게 이런저런 기능이 주렁주렁 달린 기계가 아니라, 여러 기능이 필요 없이 하나의 덩어리로서 그 자체로 완벽한 무언가가 더 신의 피조물에 가깝지 않을까?

생명의 복잡함이란 완벽하게 딱 들어맞기 위한 복잡함

과는 거리가 멀다. 오히려 이게 필요해서 저걸 만들고, 저게 없어서 그걸 대신하다 보니 복잡해진 것과 비슷하다. 신의 창조물이 가짜 바이러스도 구분하지 못한 채 몸이 부서져라 마구 싸워 대는 면역 체계를 가지고 있다고 믿기는 쉽지 않다.

생각해보면 수억 년 전의 생명에게도 면역은 있었을 거다. 다만 지금보다는 훨씬 보잘것없는 면역이었을 뿐이다. 그러다 우연히 좀 더 강한 면역을 가진 개체가 태어났고, 그들이 다른 개체보다 조금 더 오래 살며 더 많은 후손을 낳았을 것이다. 그리고 약한 면역을 가진 개체들은 전부 고열로 끙끙 앓다가 죽음을 면치 못했겠지. 그런 시간이 천년만년 단위로 누적이 되어 지금의 복잡함을 가진 생명이 되었다. 생명은 처음부터 정교하게 만들어진 기적이 아니다. 아주 단순한 장치에서 시작하여 진화라는 눈먼 시계공이 '우연'이라는 방식으로 수억 년에 걸쳐서 새로운 장치를 덕지덕지 설치한 조악하고 불편한 기계장치에 가깝다.

속으로 백혈구들에게 이렇게 외쳤다.

"이 자식들아! 그렇게까지 열심히 싸울 필요 없어! 이거 진짜 바이러스 아니야. 이건 가짜라고 가짜!."

그러나 멍청한 내 면역 체계가 그런 얘기를 들을 리가 없다. 그저 늘 그래왔듯 최선을 다해 싸울 뿐이다. 이걸 고마워해야 할지, 멍청하다고 면박을 줘야 할지. 고마워하기엔 너무 아프고, 면박을 주기엔 이게 내 목숨을 몇 번이나 구해줬을 테니까.

그렇다. 이 싸움을 끝내기 위해선 잠이 드는 수밖에 없다. 그래야 다른 것에 신경 안 쓰고 싸움에만 집중해서 후딱 끝낼 수 있을 테니깐 말이다. 딱 하루만 견디면 내 소중하고 멍청한 면역 체계가 코로나바이러스와 싸워서 이기는 방법을 다 익힐 것이다. 그러고 나면 언젠가 코로나바이러스가 들어와도 금방 혼꾸멍을 내줄 수 있겠지.

시계를 본다. 3시 반. 열은 재보지 않아도 보나 마나 38도 이상이다. 추워서 덮은 이불로 온몸이 땀으로 폭삭 젖었다. 숨이 막혀 이불을 거두니 땀이 말라 추위가 몰려온다. 덮을 수도 거둘 수도 없는 이불에 정신도 오락가락한다. 면역. 참 쉽지 않다. 오늘은 꽤나 긴 밤이 될 것만 같다.

면역 2

강인성

"하나 같이 그렇게 말하더군. 이럴 필요는 없지 않냐고."
-영화 『노인을 위한 나라는 없다』에서 안톤 쉬거의 말 중에서

불의의 사고로 십자인대가 파열된 지 3주 후. 10일간의 입원을 끝낸 나는 드디어 집으로 돌아올 수 있었다. 그 사고는 정말이지 불의의 사고였다. 근 8년 만에 간 스키장이었고, 그 오랜만에 비해 나는 스키를 꽤 잘 탔다. 그러나 그것은 내게 오만함을 가져다줬고, 그 오만함과 3월 초 스키장의 최악의 눈 상태가 만나 내 무릎 인대를 박살내 버렸

다. 그야말로 박살이었다. 전방십자인대가 파열됐고 측면 인대가 끊어졌다. 그리고 연골판까지 맞부딪혀 손상이 갔으니 말이다. 박살보다 적절한 표현은 찾기 쉽지 않으리라.

나를 더 어이없게 만든 건 다치고 일주일 동안은 십자인대 파열인지도 몰랐다는 것이다. 스키장 안에 있는 병원에서 엑스레이만을 찍고 받은 진단은 그저 무릎뼈가 조금 벌어진 것 같다였다. 그렇게 믿은 내가 바보인 걸까, 그렇게 믿을 수밖에 없던 내가 지나치게 희망적이었던 걸까.

반깁스만 한 채 철석같이 1, 2주만 있으면 벌어진 뼈가 붙을 거라 믿은 나는 그다음 주 종합 병원에 가 의사의 심각한 표정을 보게 되었고 자연스레 MRI 기계에 눕게 되었다. 그리고 그 더럽게 비싼 기계가 찍어준 내 무릎은, 더 말하지 않겠다.

의사는 부상 이전의 활동을 하려면 6개월 이상은 지나야 할 것이라고 했다. 어쩌면 그 이전으로는 완전히 돌아갈 수 없을지도 모른다는 말도. 나는 여러 생각에 빠지지 않을 수 없었다. 3개월 후 인생의 큰 터닝 포인트가 될 반 년간의 세계여행이 물거품이 되는 순간이었기 때문이다. 그날만이 오기를 기다렸고 실제로 손에 잡힐 듯 다 왔던 그날은 그렇게 허무하게 날아가 버렸다. 나는 눈물을 머금고 내년을 기약할 수밖에 없었다.

충격의 크기만큼이나 빠르게 수술 날짜가 잡혔다. 14일 간의 입원 명령. 정신을 차리고 보니 나는 환자복을 입은 채 병원 침대에 눕게 되었고, 수술을 했다. 산산이 조각난 나의 십자인대가 있던 자리에 어느 고마운 분의 십자인대가 자리 잡은 순간이었다. 그 과정이 쉽지만은 않았는지 수술 날 밤은 정말이지 고통스러웠다. 아주 조금의 움직임조차 너무 고통스러워 무통 주사 버튼을 몇 번이나 눌렀는지 모르겠다. 그나마 다행스럽게도 하루가 지나자 통증은 사그라들었다. 그 통증은 두 번 다시는 겪고 싶지 않은 통증이다.

통증이 사라진 자리엔 지루함이 자리잡았다. 병원 하루는 지극히 단순하다. 무한히 많은 시간 속에서 나는 무엇이든 할 수 있었고, 그 무엇도 할 수 없었다. 코로나로 아무도 오지 못하는 병원은 조용하고, 지루했다. 아무런 감흥이 없는 식사를 하고 생각을 멈춘 채 끊임없이 무언가를 봤다. 그 와중에 나를 제일 괴롭히는 건 일주일째 샤워를 못한 나의 몸뚱이였다. 퇴원하여 30분 동안 뜨거운 물로 구석구석

씻어 내는 나를 끊임없이 상상했다.

지루함이 극에 달하는 시간은 보통 오후 4시 즈음인데, 이 시간엔 그 어느 것도 눈에 들어오지 않았다. 차라리 잠이라도 오면 좋으련만 잠도 오지 않는 때엔 그저 침대에 멍하니 누워 생각에 빠졌다. 어쩌다 내가 이렇게 된 걸까. 왜 인생에서 불행한 순간은 늘 예상치 못한 때 오는가.

그런 생각이 들면 스키장에서 사고가 난 순간이 떠올랐다. 떠올리고 싶지 않아도 떠올랐다.

슬로프를 내려가기 전의 자신감. 속도가 느려지지 않았을 때의 두려움. 그리고 넘어지는 순간, 무릎이 돌아간다는 게 느껴졌으나 아무것도 할 수 없다는 것을 알았을 때의 그 무력감. 그리고 그 이후에 밀려온 지독한 통증, 후회, 수치심. 몇 번이고 시곗바늘을 돌리고 싶어진다. 그때 고급 슬로프를 가지 않았다면. 그때 조금만 더 천천히 출발했다면. 그때 조금만 더 강하게 멈추었다면. 그러나 그런 생각은 내게 무릎의 시큰함만을 안겨주게 마련이었다.

입원 9일차. 이제 집에 가고 싶다는 정신적 고통을 넘어 무념무상의 경지에 이르렀을 즈음. 담당 의사 선생님이 갑작스레 퇴원해도 될 것 같다는 이야기를 했다. 아아, 그 이야기를 들었을 때의 기분이란! 며칠 더 입원해 있을지 퇴원할지 결정하라는 말에 15초 정도 고민한 뒤 퇴원하겠다는 결정을 하였다.

그렇게 나는 아직은 절대 디디지 말라는 의사의 엄명과 함께 집으로 돌아왔다. 9일 만에 하는 샤워는 인생에 길이 길이 기억에 남을 샤워이리라. 그리고 어머니가 해준 따뜻한 밥이란. 전에 느끼지 못한 행복. 드디어 집으로 돌아왔다는 안정감. 병원에 비하면 모든 것이 포근하고 개운하고 쾌적한 나날이 이어졌다. 그렇게 행복과 함께 집으로 돌아오고 2일 후, 코로나에 걸렸다. 그것도 꽤 지독하게.

영화 『노인을 위한 나라는 없다』는 예기치 못한 재앙을 의인화한 인물이 주인공이다. 바로 하비에르 바르뎀이 연기한 안톤 쉬거이다. 그의 존재는 삶의 부조리함 그 자체이다. 한 인간의 생명을 앗아가는 데에 아무런 감정도, 목적도, 이유도 없다. 영화 속 대부분 인물이 왜 죽는지도 모른 채 공기총 한 방에 숨을 거둔다. 운이 좋아 동전 던지기에서 앞면이라도 나오지 않는 이상 그의 공기총을 피할 순 없다.

나는 왜 사고를 당해 무릎이 박살 났을까. 그리고 무릎이 박살 난 덕분에 어느 곳에도 갈 수 없는 나는 왜 코로나에 걸린 걸까. 물론 그 이유를 안다. 스키를 타다 속도를 주체 못해 넘어져서 다친 것이고, 서울에서 모임을 하고 돌아온 아버지가 코로나를 옮겨와 나까지 걸린 것이다. 그러나 이것이 내가 왜 이런 불행을 겪어야 하는지에 대한 충분한 설명이 되는가?

아침엔 그저 으슬으슬했던 몸이 순식간에 벌벌 떨리는 몸으로 바뀌었다. 할 수 있는 건 침대에 누워 잠이 드는 것뿐이었지만 자고 일어나면 몸이 괜찮아지기는커녕 점점 더 아파만 갔다. 체온계가 보여준 내 몸의 온도는 37.5도. 자가진단키트가 보여준 줄무늬 개수는 두 개였다.

침샘에선 침 대신 바늘이라도 나오는지 침만 삼켜도 목구멍이 찢어질 듯 아팠다. 진짜 최악은 그런 와중에 주체할 수 없는 기침이 쏟아진다는 건데, 그럴 때마다 고슴도치가 목구멍에서 대굴대굴 구르는 듯하다는 것이다. 아니 사실 그보다 더 최악은, 부서질 것 같은 몸을 한 발로 일으켜서 바퀴 달린 의자에 앉은 뒤 한 발로 의자를 밀며 화장실로 가 한 발로 서서 소변을 눌 때였다. 38.8도를 기록한 날 밤. 물을 너무 많이 마신 탓에 다섯 번이나 화장실을 갔을 땐 정말이지 기절 직전까지 갔다.

영화 『노인을 위한 나라는 없다』에서 안톤 쉬거에게 죽음을 맞이한 자들을 생각한다. 그들은 자기 죽음을 이해할 수 있을까. 그저 일하고 있던 안톤 쉬거를 마주쳤을 뿐이었던 모텔 주인, 트럭 운전사 등은 자신에게 덮친 그 재앙을 이해할 수 있을까.

내 고통과 그들의 죽음은 너무나 닮아 있었다. 어차피 사고가 날 확률은 동전 던지기와 같다. 나거나, 안 나거나다. 백신도 안 맞고 밖을 나돌아다니든, 백신 1, 2차까지 맞고 집에서 가만히 있든 코로나에 걸릴 확률은 반반이다. 걸리거나, 안 걸리거나. 삶은 우연의 가면을 쓴 운명이 결정한다. 그 안에서 내가 할 수 있는 건 없다. 어차피 삶은 부조리하다.

그런 생각을 하자 오히려 마음이 편해졌다. 그렇게 될 일이 그렇게 된 거니까. 후회할 것도 분개할 것도 없었다. 내가 할 일은 체념한 채 회복에만 집중하는 것이었다.

그래도 다행인 건 재앙 그 자체인 안톤 쉬거 자신도 트럭에 치이는 재앙을 피하지 못했듯, 코로나바이러스도 내 몸에 들어온 이상 면역이라는 재앙을 피할 길이 없다는 것이다.

38.8도로 최고 온도를 찍은 후 체온은 점차 정상을 되찾아갔다. 목구멍의 통증은 조금 오래갔지만, 통증의 크기는 바늘에서 가시로 줄어들었다. 자가격리 이후 간 병원에서는 이제 목발을 쓰고 디뎌도 좋다고 하였다. 받아들이기 어려웠던 절망은 그렇게 조금씩 희망으로 변해갔다.

우울해도
잘 산다

구선

우울증 걸린 정원사,
나만의 땅굴 대신 정원에 머물며 땅을 판다

2020년 5월, 나는 고속도로에서 운전 중 공황발작을 일으켰다. 숨을 쉴 수 없었으며 시야가 좁아지고 운전을 계속하다가는 죽을지도 모른다는 공포가 몰려왔다. 2018년 여름에도 공황발작으로 응급실에 간 적이 있었다. 내 마음은 항상 불안했고 우울증은 점점 심해졌다.

하지만 전문적인 치료를 받는 대신, 그 이듬해 작은 정원이 있는 전원주택으로 이사했다. 새로운 집에서의 생활은 평화로웠다. 다시는 공황발작이나 자살에 대한 욕구가 생기지 않을 것 같았다. 과호흡이나 심하지 않은 불안감 같은 신호를 무시하며 다 좋아지리라 생각했다. 착각이었다.

2019년 11월에는 정체를 알 수 없는 바이러스가 나타났다. 내가 몸에서 보내는 경고를 외면했듯이 전 세계 국가들은 그 바이러스가 일으키는 병을 단순한 독감으로 믿었다. 결국, 내가 두 번째 공황발작으로 전문의의 도움을 받기 시작할 즈음에 전 세계는 공황상태에 빠져 있었다.

　공황장애와 우울증 진단을 받고 더 운전하지 못하게 되었지만 나는 고립되었다는 느낌을 받지 않았다. 집에 갇힌 것은 나뿐만이 아니었다. 세상 대부분이 멈추었다. 내게는 정원이 있었고 대화를 나눌 수 있는 좋은 이웃들이 있었다.

　나의 주치의는 짧게는 4개월, 길어도 6개월 정도 약을 먹으면 상태가 호전될 것이라고 했다. 치료가 끝난 후에 재발할 우려도 있지만 다시 치료를 받으면 되니 걱정할 필요가 없다며 용기를 주었다. 대신 일상생활 외의 스트레스는 조심하라고 당부했다.

　치료를 시작하고부터 내 생활에는 변화가 생겼다. 일주일에 세 번씩 서울을 오가던 일은 집에서 페이스타임을 통해 해결했다. 코로나 때문에 재택근무를 많이 하는 분위기여서 적응하기가 더 쉬웠다. 마스크를 쓰면 과호흡이 심해져서 나가기가 더 힘들었다. 필요한 물건은 온라인으로 샀다. 식료품은 남편이 퇴근하는 길에 마트에 들러 사 왔다. 꼭 집 밖으로 나가야 할 일이 생기면 남편과 함께 움직일 수 있는 주말에 움직였다.

아파트에 비해 적은 사람이 거주하는 마을 내 산책은 자유로웠다. 나는 일어날 수 있는 시간에 일어나 화단에 물을 주고 이웃에게 잡초와 화초를 구분하는 법을 배웠다. 이웃들과 가까운 화원에 가서 예쁜 꽃을 한아름 사고 점심도 함께 먹었다. 잔디도 처음으로 깔아 보았다. 나의 취향에 맞추어 화단 경계도 바꾸었다. 인터넷으로 전지하는 방법을 찾아 연구한 후, 웃자란 나뭇가지도 잘랐다.

약을 먹어도 불안감이 가시지 않는 날은 정원을 천천히 걸으며 마음을 가라앉혔다. 하루에 10시간 가까이 정원에 있다 보니 피부가 까맣게 그을렸다. 처음 보는 나무를 전지하다가 팔과 다리에 알레르기 반응이 일어나기도 했다. 머리카락은 탈색이 되고 얼굴에는 기미가 끼었다. 집에는 정원관리에 필요한 물품들이 쌓여갔다. 이렇게 생각 없이 살다 보면 일상생활로 빨리 되돌아갈 수 있을 줄 알았다.

꽃이 모두 시드는 겨울이 오자 상황이 달라졌다. 사람들은 신종 바이러스에 대처하는 법에 익숙해졌다. 나는 여전히 10킬로미터 이상 차를 탈 수 없었다. 마스크를 쓰면 숨을 제대로 쉴 수도, 이웃들이 차를 타고 나갈 때 쉽게 따라나설 수도 없었다. 정원에는 할 일이 없었고 나는 혼자 지내는 시간이 길어졌다. 의사가 약속한 6개월은 이미 지났고 병은 전혀 나아지지 않았다. 내가 앓고 있는 병이 그제야 와닿았다. 나는 무기력해졌다.

2021년 봄에는 운전도 하지 못하는데 세워두기만 하는 차를 팔았다. 그 후 사람들이 나를 피하는 것 같은 피해의식에 시달렸다. 그 생각에서 벗어나기 위해 정원 일에 더욱 몰두했다. 해가 지고 나면 우울증에 관한 책을 읽으며 내 병을 공부했다. 미친 듯이 땅을 파는 나를 보며 이웃들은 걱정이 된다고 했다. 하지만 도와주는 사람은 없었다.

하루는 이웃들과 함께 밥을 먹으러 갔다. 가는 길이 눈에 그려지지 않으면 마음이 매우 불안해서 차 뒷자리에 앉아가는 내내 고개를 숙이고 있었다. 같이 앉은 이웃의 어깨에 기대기도 했다. 식당에서도 음식을 먹는 둥 마는 둥 했다. 그냥 따라가고 싶었을 뿐 먹고 싶었던 것이 아니었다. 그 모습에 함께 간 사람들은 불편해 보였다. 대놓고 왜 따라서 온 거냐고 핀잔을 주는 사람도 있었다. 내 모습은 어린아이가 떼를 쓰는 것 같았다. 모두 코로나 시대에 잘 적응하고 있었다. 나는 시대의 흐름도 내 병의 진짜 모습도 바로 볼 수 없었다. 체력이 떨어지면 증상이 더 심해지는 것을 알면서도 온종일 정원만 돌보았다.

나의 정원은 나날이 아름다워졌다. 머릿속으로 구상한 정원의 모습이 서서히 현실로 나타났다. 내가 가진 지식과 재화와 감정은 모두 정원에 녹아들었다. 정원의 하루하루를 남기기 위해 시작한 SNS를 보고 놀러 오고 싶다는 사람도 생겼다.

한껏 쪼그라든 생활 반경을 다른 식으로 넓히기로 했다. 방문 요청이 오면 무조건 초대했다. 생각했던 것보다 작고 초라한 정원에 실망하고 간 사람도 있었고, 아기자기하다며 칭찬하는 사람도 있었다. 마음이 편안해진다며 자주 찾아오는 사람도 생겼다. 꽃을 좋아한다는 이유만으로 친구가 되었다.

잡지사에서 정원 촬영 의뢰가 왔을 때도 승낙했다. 유튜브에 정원 소개를 하고 싶다는 제안도 고맙게 받아들였다. 사람들의 방문은 그들의 삶을 나의 세상으로 가져왔다. 혼자 움직일 수 있는 곳은 여전히 한정적이었지만 나의 생활은 풍부해졌고 나는 자신감을 얻었다.

변종이 생기면서 코로나바이러스의 감염률은 점점 높아졌고 치명률은 낮아졌다. 주위에 감염된 사람이 계속 늘어갔다. 증상이 있으면 자가격리에 들어갔고 나으면 다시 일상으로 돌아갔다. 서로 증상에 대해 정보를 나누었다. 처음에는 병자가 죄인이 되는 분위기였지만 이제는 누구나, 언제든지 감염될 수 있다는 생각으로 바뀌었다. 사람들은 점점 두려움을 버리고 바이러스와 공존하게 되었다.

나는 약 복용량을 늘렸다. 약의 도움을 받아서라도 일상생활을 되찾기로 마음을 정했다. 다른 사람의 도움 없이 살아가는 온전한 개인으로 돌아가고 싶었다. 차도 샀다. 처음 가는 곳은 남편이나 친구들의 차를 타고 길을 익혔다.

혼자 운전해서 움직일 수 있는 범위도 서서히 넓혔다. 이제는 병원도 혼자 운전해서 간다.

조금 먼 거리를 가야 하거나 몸 상태가 좋지 않을 때는 비상약을 먹어야 한다. 약을 반년 정도 먹었을 때 복용량을 줄이려고 시도했다가 사흘 만에 발작이 오는 바람에 포기했다. 그 후로, 성급하게 약을 끊겠다는 생각을 버렸다.

지난달 진료를 받을 때 의사가 말했다.

"이제는, 지금도 잘하고 계시지만, 우울증과 함께 사는 법을 익히셔야 합니다."

나는 웃으며 대답했다.

"저도 알고 있어요."

"잘 해내실 거라 믿고 있습니다."

"걱정하지 마세요. 두 달 뒤에 뵈어요."

우울증과 공황장애로 인해 내 물리적인 세상은 여전히 좁다. 하지만 세상은 내가 직접 이동할 수 있는 곳까지만 존재하는 것이 아니다. 나는 다른 사람의 삶을 통해, 책을 통해, 그림과 글쓰기 등 내가 할 수 있는 모든 것을 통해 나의 세계를 넓히는 중이다. 이미 나의 일부가 된 우울증은 예전과는 다른 삶의 방식을 찾게 했다. 덕분에 나는 이제 내 병이 그리 두렵지 않다.

"이제는, 지금도 잘하고 계시지만,

우울증과 함께 사는 법을 익히셔야 합니다."

나는 웃으며 대답했다.

"저도 알고 있어요."

"잘 해내실 거라 믿고 있습니다."

"걱정하지 마세요. 두 달 뒤에 뵈어요."

'양지'의 봄은
늦다

구선

3월이 되었는데도 여전히 겨울 같은 정원에 일년초라도 심을까 싶어 단골 화원에 들렀다. 봄부터 가을까지 꽃으로 꽉 차 있는 정원 식물 코너가 텅텅 비어 있었다. 며칠 전, 문자로 아직 들어온 꽃이 없다는 답을 받았으면서 기어이 눈으로 확인하러 갔다. 혹시나 하는 마음에 사장님을 크게 불렀다.

　　"사장님! 꽃 들어온 것 없어요?"

　　가게 안쪽에서 사장님이 마스크를 꺼내 쓰며 밖으로 나왔다.

　　"아직 안 갖고 왔다니까."

"왜요!"

"알면서 그래. 작년 이맘때 심은 꽃들 냉해로 다 죽었잖아. 그래서 일부러 안 갖고 왔다니까요."

뻔히 알면서도 나는 심술을 부렸다.

"그래도 좀 갖고 오지!"

"안 돼, 좀 더 기다려요. 이게 어디 봄 날씨야? 날이 아직도 추운데 또 다 죽으면 어쩌려고 그래!"

어쩔 수 없이 빈손으로 차에 탔다. 답답한 마스크를 벗어 방향지시등 레버에 걸며 옆 화원에 진열된 꽃을 잠시 바라보았다. 결국 아무것도 사지 않고 집으로 돌아왔다.

지난 겨울은 유난히 길었다. 작년 10월에 이른 서리가 내리더니 올해 3월 19일에는 폭설이 내렸다. 다른 동네는 그냥 눈발이 날리는 정도였다는데 우리 동네는 커다란 눈사람 가족을 만들 수 있을 정도로 많은 눈이 내렸다. 우리 동네는 워낙 추워 좀 따뜻하라고 '양지'라는 지명으로 불린다는 말이 있을 정도다.

집에 도착해 대문을 열고 들어가니 텅 빈 정원이 먼저 보였다. 얼른 연두색 새순이 돋고 꽃이 피었으면 좋겠는데 이 상태로라면 영영 꽃구경은 못할 것 같았다. 이럴 줄 알았으면 봄맞이 준비를 하지 말 걸 그랬다. 금방 봄이 올 것으로 생각하고 겨우내 두었던 마른 꽃들을 모두 잘라냈더니 화단이 휑해졌다. 작년에 꽃이 있었는지조차 못 알아볼 정도로 화단은 비어 있었다. 화단 경계석에 올려둔 로즈메리 화분이 보였다. 현관에서 긴 겨울을 나고 이제 봄이 왔다며 꺼내 놓은 로즈메리는 냉해를 입어 일주일 만에 죽었다.

집 안으로 들어오며 마스크 줄을 확 잡아 뜯은 후 쓰레기통에 버렸다. 집안에도 시들시들한 식물이 많았다. 폴리안과 뱅갈 고무나무는 세 번째 겨울을 넘기지 못하고 말라 버렸다. 황칠나무에는 응애가 끊이지 않았고, 미모를 자랑하던 베고니아도 점점 포기가 작아지고 있었다.

겨울 동안 식물등을 켜주고 가습기를 온종일 틀어주었지만 길고 건조한 겨울을 견디지 못했다. 조금만 봄이 일찍 왔으면 밖으로 내보내 살렸을 텐데. 집 밖의 풍경도, 집 안의 상황도 내 마음을 갑갑하게 했다.

마음 놓고 친구들이라도 만나면 식물만 바라보고 있지는 않았을 텐데. 이게 모두 마스크 때문이다. 어디를 가든지 마스크를 써야 해서 겨울 동안 집밖에 잘 나가지 않았다. 코로나 19 바이러스가 유행하기 시작할 때 잔뜩 사둔 마스크는 아직 반도 넘게 남았다. 마스크를 쓰면 숨쉬기가 힘들다. 과호흡도 자주 일어난다. 과호흡은 공황발작으로 이어진다. 사람들이 모이는 곳에서는 코도 내놓을 수 없으니 어쩔 수 없이 집에만 있었다. 정원에 봄이 오기만을 기다리던 나는 더딘 봄이 야속하기만 했다.

언제쯤 꽃을 심어도 되려나, 겨울 동안 들여다보지도 않던 날씨 앱을 열어보았다. 정원에 꽃이 피는 계절에는 하루에도 대여섯 번씩 날씨를 확인하는 편이라 이웃들이 내게 날씨를 물어볼 정도였다. 빨리 최저기온이 10도가 되었으면, 아니 5도라도 넘었으면 좋겠다고 주문을 외웠다.

나무 사이사이에 추위에 강한 튤립이나 수선화를 모아서 심어뒀어야 했다. 나무에 새잎이 돋기 전에 여러 가지 색깔의 꽃이 모여 피었다면 충분히 봄처럼 보였을 것이다. 작년의 나는 생각이 짧았다. 지금이라도 튤립보다 더 오래 꽃을 보여주는 수선화를 심어야겠다고 마음을 먹었다. 꽃나무도 부족했다. 3월에 꽃이 피는 꽃나무가 있어야 했다.

3월 마지막 주에 하루를 잡아 화원 투어에 나섰다. 평소라면 멀다고 가지 않을 곳도 가고, 단골 화원에도 다시 들렀다. 꽃이 일찍 피는 하얀색 진달래 나무와 별 목련을 샀다. 꽃봉오리가 많이 달린 고광나무, 이미 꽃이 핀 팥꽃나무도 샀다. 예쁘게 꽃이 핀 히아신스와 수선화, 무스카리를 차에 잔뜩 싣고 집으로 돌아왔다. 온종일 쓰고 있던 마스크도 답답하게 느껴지지 않았다.

아직 새순이 올라오지 않은 목수국 사이에 수선화와 무스카리를 모아 심었다. 새순이 하나도 올라오지 않은 화단에는 향수선화를 모아 심었다. 히아신스는 화분에 심어 정원 테이블에 올려두었다. 정원에 생기가 돌아 보였다.

하지만 그때뿐이었다. 화원에 진열된 화초는 온실에서 일찍 꽃을 피워낸 '제품'이다. 아직 겨울잠에서 깨어나지 않은 내 정원 식물들과 새로 심은 식물들의 계절이 너무 달랐다. 내가 억지로 만든 봄은 보기에 어색했다.

4월 둘째 주가 되어서야 정원 곳곳에서 겨울을 잘 보낸 새순이 올라오기 시작했다. 그 모습은 감동적이었다. 그리고 자연스러웠다. 마음 급하게 심었던, 꽃봉오리를 잔뜩 달고 있는 나무들도 온도가 맞기 전까지 꽃을 피우지 않았다. 정원의 시간과 자신의 시간을 맞추는 것처럼 보였다. 계절보다 앞선 것은 내 마음뿐이었다. 매일매일 조금씩 올라오는 새순을 들여다보았다. 흙이 너무 단단해서 올라오기 힘든 것은 아닌지 화단 군데군데를 파서 흙 상태를 살폈다. 비가 오지 않아 흙이 건조한 것 같았다. 2년 동안 덮어 두었던 바크를 모두 걷어 내고 습기를 더 잘 머금는다는 코코피트로 화단 흙을 다시 덮어 주느라 몸살이 났다.

4월 14일에는 2년 전 가을에 심은 튤립이 피기 시작했다. 그제야 작년 가을 산딸나무 아래에 심었던 수선화와 무스카리가 생각났다. 바로 옆에 심었던 향수선화가 질 때쯤 무스카리가 피었다. 그 무스카리가 다 지고 나서야 수선화가 땅을 뚫고 나왔다. 5월 중순인 지금도 꽃을 피우고 있다.

내 5월의 정원은 세상의 모든 색으로 가득 찼다. 겨울을 잘 넘긴 화초와 나무들은 그 크기가 더 커졌다. 추운 겨울 동안 자신들도 봄을 기다렸다는 듯, 가지가지마다 지난가을에 준비해 두었던 꽃눈을 터트리고 있다. 작년에 심었었는지, 이름이 무엇이었는지 기억나지 않는 것도 있다. 봄이 오지 않는다며 투덜거리던 나는, 그 모습이 좋기도 하고 민망하기도 하다.

자연의 시간은 내가 조절할 수 없다. 봄은 서두른다고 오지 않는다. 하지만, 언젠가는 온다. 겨울을 이겨낸 봄은 내가 기억했던 것보다 훨씬 풍성하고 아름답다.

사람마다
다르다니까

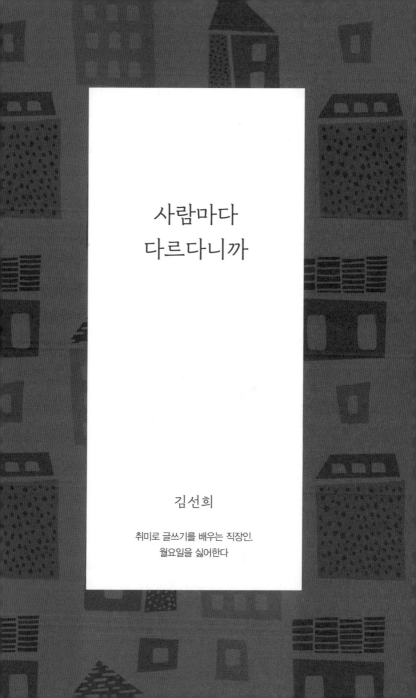

김선희

취미로 글쓰기를 배우는 직장인.
월요일을 싫어한다

'코로나라고? 신종플루나 메르스처럼 잠깐 조심하면 끝나겠지.'

처음 코로나가 등장했을 때 나는 이 녀석을 만만하게 봤다. '코로나(맥주) 마시면 코로나 걸리나?'라고 알맹이 없는 말이나 했을 뿐이다. 그러다 과학 기술의 최첨단을 달리는 미국에서 무슨 중세의 페스트처럼 길에 시체가 쌓여 있다는 소식을 듣고는 이거 우습게 볼 일이 아니다 싶어 등골이 서늘했다.

그러나 우리 인간이 어떤 존재인가? 알파고는 이세돌을 이겼고 겨우 20그램 남짓한 우라늄으로 원자력 발전소에서는 온종일 전기를 뽑아낸다. 화성 여행이 곧 실현될 예정이며 인간의 평균 수명은 100세를 넘어 이제 120세가 될 것이라고 한다. 그리하여 세상 어딘가에서 살고 있을 천재 과학자가 바이러스도 물리쳐주리라 믿었다. 뉴스를 통해 이스라엘의 높은 접종률이 전해졌을 때는 역시 똑똑한 유대인들은 뭐가 달라도 다르다며 부러워했다.

그리고 우리 가족 중 내가 제일 먼저 과학의 혜택을 누리게 되었다. 매년 초겨울 독감 예방 접종을 했지만 접종 후 흔한 몸살 한 번 없었기 때문에 별다른 고민 없이 1차 접종을 하였다.

그러나 접종 다음 날 호흡곤란이 일어났다. 지인이라고 하기에 애매한 사람 중에는 백신 후유증으로 고생하는 사람들이 더러 있었지만 나와 연락을 주고받는 사람 중에 후유증으로 고생하는 사람은 나 하나뿐이었다.

호흡곤란의 원인을 알아내기 위해 방문했던 한 병원의 대기실에는 코로나 백신의 안전성을 알리는 영상이 재생되고 있었다. 자궁경부암 백신의 부작용이 0.007퍼센트에 불과하며 코로나 백신의 부작용도 대략 그 정도이니 안심하라는 내용이었다. 나는 우리나라 국민 중 3천만 명이 접종했다고 가정하고 0.007퍼센트가 실제 몇 명쯤이나 될지 계산해 보았다. 대략 2천100명이었다. 2차까지 계산하면 4천200명이었다.

'러시안룰렛(회전식 연발 권총의 여러 개의 약실 중 하나에만 총알을 넣고 총알의 위치를 알 수 없도록 탄창을 돌린 후, 참가자들이 각자의 머리에 총을 겨누고 방아쇠를 당기는 게임)'. 그 당시 부작용에 대한 가장 정확한 비유가 이것 말고 또 있었을까? 나는 러시안룰렛에 당첨된 것이었다.

3, 4개월이 지나 백신 후유증에서 조금씩 회복되어 가고 있을 때쯤 '백신 패스'가 실시되었다. 백신을 맞지 않으면 발을 꽁꽁 묶어버리겠다고 으름장을 놓음과 동시에 지금이라도 2차를 맞으면 당장 백신 패스를 주겠다는 회유성 문자도 꼬박꼬박 날아왔다.

식당과 마트가 출입 금지 시설이 된 것은 불편하지만 그러려니 했다. 그러나 도서관, 미술관, 박물관, 공연장 등은 달랐다. 이건 반칙이라는 생각이 들었다. 왜냐하면 도서관은 이미 온라인으로 예약한 책을 입구에서 찾아오는 시스템이 정착되어 있었다.

또 미술관은 시간별로 예약한 인원만 입장할 수 있었는데 수원의 아이파크 미술관의 전시실에서는 나와 전시실 관리인이 전부였다. 그리고 모든 전시실을 다 돌 때까지 마주친 관람객은 10명도 채 되지 않았다. 그런데도 갈 수 없다니. 미술관이나 공연장은 대체재가 없었기 때문에 허전하고 아쉬운 마음이 매우 컸다.

3차 접종까지 마친 사람들은 '백신 패스'를 획득하였고 원래부터 누구나 자유롭게 다닐 수 있었던 곳을 개선문 통과하듯 드나들었다. 기계는 '접종 완료입니다'와 '띵동' 소리로 사람들을 구분했다. 그런데 나에게는 '띵동' 소리가 '땡' 소리로 들렸다. 도대체 나의 어느 부분이 '땡'이라는 것인지는 모르겠지만 내가 뭐 일부러 그런 것도 아니고 나도 내가 왜 이런 일을 겪는지 모르겠어서 억울한데 창피하기까지 했다.

얼마 전 항암 치료를 마친 지인과 이야기를 나누었다. 그는 '자신의 몸 관리는 자신이 해야 한다'라는 말을 들었는데 오랫동안 그 말이 힘들었다고 했다. 병원에 있어 보니 담배 한 번 피운 적 없는 사람이 폐암에 걸리고 술 한 잔 못 마시는 사람이 간암에 걸려서 왔더라고.

그러니 누군들 아프고 싶어서 아프겠냐고. 그런데 마치 몸 관리를 잘못해서 그런 병에 걸린 것처럼 말하는 사람들에게 '당신이 건강한 것 역시 당신이 잘해서 그런 것은 아니에요'라고 말해주고 싶었다고 한다.

그 후 영국에서 실험을 통해 무슨 짓을 해도 코로나에 걸리지 않는 사람들을 발견했다는 기사를 읽었다. 바이러스를 직접 주사기로 주입해도 걸리지 않는데 유전자 때문으로 추정된다고 하였다. 그런데 유전자란 결코 인간이 선택할 수 있는 영역이 아니다. 그러니 동료의 말처럼 아직 우리 몸에 관해서는 과학보다는 운명의 영향이 더 클 수도 있겠다는 생각이 들었다.

자유의지에 의한 선택	우연한 결과	개별적 반응	획득한 신념
접종자	걸림	증상 많음	백신을 왜 맞았나 모르겠다
		증상 적음	백신 덕분에 이 정도였다
	안 걸림		백신은 확실히 효과가 있다
미접종자	걸림	증상 많음	백신 안 맞은 것을 후회한다
		증상 적음	백신 안 맞기를 잘했다
	안 걸림		내가 최고의 승자다

오미크론 변이 이후 코로나 상황은 뒤죽박죽이 되었다. 접종자 미접종자 구분 없이 확진자가 되었다. 백신에 대한 반응과 바이러스에 대한 반응이 천차만별이라는 사실만 확인했을 뿐이다. 그리고 사람들은 자신의 경험을 가지고 자신만의 신념을 만들었다.

최소 여섯 가지 범주의 신념을 가진 사람들이 오늘도 인터넷 댓글 창에 갑론을박을 펼치고 있다. '코로나 후유증은 무섭다 vs 백신 후유증이 언젠가는 나타난다'. 그런데 이제 이런 논의는 그만하자. 왜냐하면 우리는 모두 자유의지로 행위를 선택하였으나 선택에 따른 결과는 우연일 뿐이었으며 논리로 밝힐 수 없는 개별적 반응에 따라 각자의 신념을 형성하게 되었기 때문이다. 무슨 소리냐면 한 마디로 '사람마다 다르다'는 것. 그러니 자신만의 신념에 과몰입되어 서로 헐뜯거나 폄훼하지 말자.

놀이하는 인간
호모 루덴스

김선희

돼지머리가 들어왔다. 남편이 지인의 개업식에 갔다가 들고 온 것이다. 지인은 신성한 고사상의 돼지머리를 버릴 수도 먹을 수도 없다며 곤란해했다고 한다.

'지금 그분이 들어가실 예정이야.'

출발 전 돼지머리를 집에 들이는 일에 대해 동의를 구했 던 남편은 아파트 주차장에서 최후의 확인 메시지를 보냈다. 나는 절대 내 앞에서 비닐을 벗겨서는 안 되며 바로 뒷 베란다로 직진하라고 신신당부를 했다.

"그분이 드디어 오셨어!"

현관을 들어서며 남편이 큰소리로 외쳤다. 나는 빼꼼히

방에서 고개만 내밀었다. 까만 비닐봉지가 씌어 있었지만 불뚝 튀어나온 쪽이 돼지코임을 금방 알아볼 수 있었다.

다음 날 아침 눈을 뜨자마자 뒷 베란다로 향했다. 베란다 문을 열자마자 누릿하고 비릿한 냄새가 역하게 풍겨왔다. 쟁반에는 돼지머리에서 밤새 흐른 피가 고여 있었다. 살기 가 느껴졌다. 동물의 머리까지 삶아 먹어야 직성이 풀리는 가. 이번 메뉴는 자꾸 마음이 쓰였다. 그 머리는 '대역죄인 들'의 카니발(중세와 르네상스 시기 성행한 축제. 생성과 변화에 대한 갈망을 담고 있으며 파괴적인 동시에 창조적인 의미가 있다 고 함)을 위해 희생될 재물이었다.

그리고 잠시 후 들통을 앞세우고 카니발에 초대된 두 명 의 손님이 도착했다. 전염병의 창궐에도 불구하고 백신을 안 맞고 버티고 있던 대역죄인들인 엄마와 남동생이었다. 이들이 백신을 안 맞게 된 것은 순전히 나 때문인데 그건 이 몸뚱이가 백신에 경기를 일으켜 응급실을 세 번이나 들 락날락하며 온 가족의 가슴을 철렁하게 했기 때문이다. 그 런 야단법석을 겪고 우리 집에는 백신 금지령이 내려졌다. 백신을 왜 안 맞냐고 물고 늘어지는 사람들에게 남편은 '홀 아비 될 뻔해서요'라고 해야 겨우 놓여날 수 있었다.

들통에 돼지머리가 담겼다. 집에 넉넉한 곰솥이 있다고 했는데도 엄마는 기어코 들통을 들고 왔다. 정육점에서 애벌로 삶아서 판다는 돼지머리는 생각보다 금방 삶아졌다. 집에서 돼지머리까지 삶아 먹는 사람들이 과연 있을까? 피식 웃음이 나왔다.

다들 웅성웅성 부엌에 모여 식전 행사로 '돼지머리 해체 쇼'를 구경했다. 나는 아침에 뒷 베란다에서 봤던 그 녀석의 실루엣이 자꾸 생각나 방으로 들어갔다. 해체되는 모습을 보면 도저히 먹을 수 없을 것 같았다. 잠시 후 가족들이 거실에서 두런거리는 소리가 들려 나가 보니 나무 도마에 껍질과 살코기가 먹기 좋은 크기로 담겨 있었다.

우리 가족이 처음부터 이렇게 '엽기식'을 즐긴 것은 아니다. 코로나로 주말에 외출하는 빈도가 현저히 줄었고 시간은 남아돌았다. 외식은 불안하나 맛있는 것은 먹고 싶으니 남편은 요리를 시작했다. 스파게티 같은 평범한 음식으로 시작한 남편은 별안간 스테이크에 꽂혀 온 주방을 기름 범벅으로 만들기 시작했다. 치우는 것이 싫어서 시도조차 안 했던 음식들을 남편은 불도저처럼 밀어붙이며 해냈다.

남편과 아들 그리고 나, 우리 세 식구는 '이번 주말 무엇을 먹을 것인가?'에 대해 자주 가족회의를 열었다. 6끼를 재료와 조리법이 중복되지 않도록 꼼꼼히 계획했다. 탕수육을 튀기고, 김밥을 말고, 수육을 삶다 우리는 점점 더 과감해졌다.

　캠핑에 재미를 붙이던 시절 우리가 하던 놀이가 있었는데 '캠핑장에서 가장 어울리지 않는 메뉴 이름 대기' 놀이였다. 우리가 뽑은 최고의 메뉴는 '잡채'였다. 고기를 굽는 것이 '정상적인' 캠핑장에서 소매를 걷고 양푼에 잡채를 비비는 모습을 상상하면 웃음이 나왔다. 그 생뚱맞음이 마음에든 우리는 '자다가 봉창 두드리는 소리'를 잇는 새로운 속담을 만들었다.

　'캠핑장에서 잡채 비비는 소리 하네.'

　이런 유희가 코로나 시국의 '집밥'에 도입되었다. 우리는 점점 과감하게 남들이 집에서 안 해 먹을 것 같은 요리를 찾기 시작했다. 그냥 요리로는 만족할 수 없었다. 살아있는 멍게와 해삼을 썰어 물회를 만들고, 가자미를 막걸리에 삭혀 새콤달콤한 가자미회 무침도 만들었다. 우리는 먹기 위해 요리를 하는 것이 아닌 놀기 위해 요리를 하는 것이었다. 놀이하는 인간 호모 루덴스.

'주말 메뉴 정하기' 가족회의에는 늘 새로운 요리가 거론되었는데 생뚱맞고 난해할수록 회의 참석자들(기껏해야 3명이지만)에게 호평을 받았다. 갈수록 놀이하는 인간을 넘어 새로운 개념을 창조해내는 행위예술가에 가까워졌다. 머리를 쥐어뜯으며 고민하던 중 하루는 내가 제안한 '소간전'이 주말 메뉴로 채택되었다.

먼저 소간을 찾아야 했다. 동네 정육점에 여러 군데 전화를 해봤지만 파는 곳이 없었다. 찾는 사람이 없어서 안 갖다놓는다며 왜 소간을 찾느냐고 오히려 되묻는 곳도 있었다.

왜긴. 먹으려고 그러는 거지. 인터넷에서 가축의 부산물은 재래시장에서 살 수 있다는 것을 알아냈다. 그리하여 수원 지동시장으로 소간을 찾으러 출동했다.

시장이라고 모든 정육점에서 소간을 파는 것은 아니었다. 처음 들어간 정육점에서 자기들은 취급하지 않는다며 다른 정육점을 소개해 주었다. 드디어 오랫동안 찾아 헤맨 소간을 발견하고 나와 남편은 기쁨의 함성을 내질렀다. 소간에 환장한 사람들처럼.

남편은 집에 오자마자 바로 소간을 삶은 후 달걀옷을 입혀 고소한 소간 전을 만들었다. 드디어 소간 전을 정복한 것이다.

'백신 패스'가 시행되고 얼마 후 가끔 전화로 안부를 묻는 친구한테 전화가 왔다. 그녀는 백신도 맞지 않고 대체 뭘 하며 지내는지 궁금해했다. 그럭저럭 잘 지내고 있다고 전하며 두서없이 이야기를 나누다 마지막 말을 했다. 조만간 만나자고. 언제 만날지 기약은 없지만 통화를 마치기 위한 무난한 절차로서의 클리셰. 그런데 반전의 대사가 날아왔다.

"너는 백신 패스 없잖아."

이런. 이 양반 상상력이 부족하구먼. 꼭 만남을 식당이나 카페에서 가져야만 하는가? 공원에서 보자고 했으면 도시락을 준비했을 것이며, 집에서 보자고 했으면 초대하여 가정식 오마카세를 대접했을 텐데.

코로나를 지나온 그 시간에는 맛과 추억이 가득하다. 우리 세 식구만 알고 있는 그 맛의 기억은 해마를 거쳐 장기 기억 장치에 깊이 새겨졌다. 이제 내 입맛의 고향은 남편이 되었다. 남편은 자립의 의미로 '해 먹을 수 있는 능력'을 획득하였고 그리하여 노년에 마누라가 없어 라면이나 끓여 먹는 볼품없는 노인 신세를 면하게 되었다. 그렇다면 그동안 요리 실력이 형편없어진 나는? 남편이 혹시나 장기간 집을 비우게 된다면 제발 곰탕이라도 끓여놓고 가라고 사정하겠지.

우리는 점점 과감하게 남들이 집에서
안 해 먹을 것 같은 요리를 찾기 시작했다.
그냥 요리로는 만족할 수 없었다. 살아있는 멍게와
해삼을 썰어 물회를 만들고 가자미를 막걸리에
삭혀 새콤달콤한 가자미회 무침도 만들었다.
우리는 먹기 위해 요리를 하는 것이 아닌 놀기
위해 요리를 하는 것이었다.
놀이하는 인간 호모 루덴스.

짝궁

김태곤

인생의 가치를 글을 통해 찾고자 하는 모색자다.

회사에 출근하면 사람들은 매일 주식, 부동산, 코인 이야기를 했다. 홍 팀장은 주식투자로 얼마를 벌어 재미 좀 봤다 하고, 김 과장은 스마트폰에 있는 호갱노노 부동산 앱을 켜고 여기 아파트가 얼마가 올랐다고 말하고, 20대 직원들은 업비트 어플에 있는 코인 가격을 보며 천만 원이 넘었다며 흥분하곤 했다.

사무실 분위기는 코로나 이전과 사뭇 다르게 활기가 넘쳐났다. 너도나도 재테크를 하고 있었다. 나는 바로 옆자리에 있는 동료에게 어떤 재테크를 하는지 물었다. 그녀는 주식투자를 하고 있다고 했다. 나는 주식투자를 해보고 싶은

데 어떻게 하면 좋을지 그녀에게 물었다. 그녀는 지인 중에 주식투자를 잘하는 사람이 있어서 종목을 추천받는다고 했다.

난 어떤 종목인지 물었다. 그녀는 여러 기업명을 말했다. 그중에는 내가 알 만한 기업도 있고, 처음 들어보는 기업도 있었다. 난 처음 들어본 기업이 어떤 곳인지 물었다. 그러나 그녀는 무엇을 하는 회사인지 잘 모른다고 했다. 그냥 지인이 좋다고 해서 투자했다고 했다.

나는 사실 팬데믹으로 주식 광풍이 불기 3년여 전부터 관심을 갖고 공부를 하고 있었다. 인터넷 검색을 통해 워런 버핏이란 인물도 처음 알았다. 그는 이렇게 말했다.

"모르는 기업에 투자하지 말라."

난 어떤 기업인지도 모르고 누군가 추천해줬다는 이유만으로 투자를 하고 있는 그녀에게 워런 버핏에 대해 이야기했다. 그러면서 주식 관련 글과 내가 읽었던 책들을 추천했다.

이후 나는 쉬는 시간마다 그녀와 주식 이야기를 하게 됐다. 자연스럽게 친해졌다. 어느 날 나는 그녀에게 말했다.

"퇴근 후 우리 집에서 저녁 먹으면서 공부할래요? 내가 누룽지삼계탕 끓여줄게요."

그녀는 흔쾌히 응했다.

나는 그녀와 함께 집에 돌아와 누룽지삼계탕을 만들었다. 주말에 요리 모임을 다니면서 배운 누룽지삼계탕은 만들기는 정말 간단한데 만들어놓고 나면 꽤 그럴싸한 요리가 된다. 재료는 누룽지와 생닭이 전부. 냄비에 누룽지를 깔고 그 위에 생닭을 얹어 30분 정도만 끓이면 누룽지삼계탕이 완성된다.

그녀는 내가 냄비에 생닭을 넣는 모습을 보면서 의심스러운 눈빛을 보냈다. 그러나 나는 자신 있는 목소리로 말했다.

"일단 기다렸다 먹어 보면 알 거예요."

드디어 누룽지삼계탕이 완성되었다. 나는 밥상을 차려놓고 닭다리 한 개를 그녀 앞으로 내밀었다. 그녀는 한 입베어 물고는 오물거렸다.

솔직히 내가 한 음식을 누구에게 먹어보라고 한 적이 처음이었다. 그녀가 입을 오물거리는 동안 나는 숨을 죽이며 그녀의 표정을 살폈다. 그 모습은 마치 슬로우 모션 같았다.

잠시 후 그녀가 눈을 뜨더니 점점 동공이 커졌다. 그리고는 입가에 미소를 가득 품은 채 엄지손가락을 치켜 세우며 말했다.

"정말 맛있어요! 정말 맛있어요!"

나도 모르게 얼굴이 벌개졌다. 물론 저녁 시간이라 배가 고픈 것도 있겠지만 저렇게 맛있다고 말하다니, 뭔가 뿌듯한 기분까지 들었다.

우린 식사를 마치고 내가 알고 있는 가치투자 방식에 관해 이야기했다. 주식시장에 있는 기업 중 가치보다 싼 가격에 거래되는 곳에 투자해서 그 가치를 인정받을 때까지 기다리는 것이 가치투자, 워린 버핏은 88년도에 가치보다 싼 코카콜라 회사에 투자해서 30년이 넘도록 계속 투자 중이니 우리도 이런 기업에 투자해야 한다는 등.

그녀는 내 이야기를 들으면서 고개를 끄덕였다. 그녀의 그런 모습을 보면서 나도 모르게 어깨에 힘이 들어갔다. 마치 내가 전문가가 된 듯한 기분이 들었다.

그러나 1시간쯤 지나자 더 할 이야기가 없었다. 나의 얕은 지식이 바닥을 드러내기 시작한 것이다. 그러던 참에 많은 이야기를 해서 그런지 금방 허기가 졌다. 난 그녀를 보고 말했다.

"맥주 한 잔 할래요?"

팬데믹 이후 밖에서 술 마실 일이 없다 보니 냉장고에는 편의점에서 파는 전 세계 맥주들이 가득 차 있었다. 그녀도 흔쾌히 좋다고 했다. 우리는 맥주를 마시며 투자 이야기가 아닌 각자 살아온 이야기, 어떻게 살아갈 것인가 등등 이런 저런 이야기를 나누었다.

평소 회사에서 볼 때와는 다른 그녀의 모습이 매력적으로 다가왔다. 나는 나도 모르게 그녀의 볼에 뽀뽀를 했다.

그날 이후 그녀와 나는 연인이 되었다. 그리고 996일째 되던 날 우리는 결혼 날짜를 잡았다. 2023년 5월 13일로.

코로나로 힘든 시기, 나는 짝궁을 만났다. 그녀의 이름은 예시아다.

솔직히 나는 내가 한 음식을 누구에게
먹어보라고 한 적이 처음이었다. 그녀가 입을
오물거리는 동안 나는 숨을 죽이며 그녀의 표정을
살폈다. 그 모습은 마치 슬로우 모션 같았다.
잠시 후 그녀가 눈을 뜨더니 점점 동공이
커졌다. 그리고는 입가에 미소를 가득 품은 채
엄지손가락을 치켜 세우며 말했다.
"정말 맛있어요! 정말 맛있어요!"

나를 알게 된 시간

김태곤

'당신이 생계를 위해 무슨 일을 하는지. 저는 관심이 없습니다. 다만 제가 알고 싶은 건 당신이 가슴 저리게 동경하는 것이 있는지. 당신 마음속에 깊은 바람을 감히 충족시키고자 하는 열망이 있는지입니다. 당신의 나이가 얼마인지는 중요하지 않습니다. 당신이 사랑을 위해, 당신의 꿈을 위해, 그리고 삶이라는 모험을 위해 기꺼이 바보가 될 준비가 되어 있는지, 그것이 궁금할 뿐입니다.' – 재기발랄한 활동가

나는 출근하면 아메리카노 한 잔을 마시면서 동료들과

이런저런 이야기를 한다. 우리 회사는 전기, 전자 제품들이 출시되기 전에 안전검사를 하고 KC마크 인증을 해주는 회사인데 그래서 그런지 공대 나온 남성의 비율이 95퍼센트다. 남자들끼리 이야기를 할 때 MBTI 같은 건 물어보지 않는다. 그런데 내가 속한 부서에는 여성 직원이 2명이나 된다. 그렇다 보니 대화가 훨씬 다양하다.

하루는 한 여직원이 나에게 MBTI가 뭐냐고 물어봤다. 난 그게 뭐냐고 되려 물었다. 그 여직원은 심리검사라고 하며 요즘 유행하니 한 번 해 보라며 카톡으로 링크를 보냈다.

난 카톡을 열어 MBTI를 시작했다. 50개 정도의 문항을 하고 나니 내가 '재기발랄한 활동가' 유형이라고 했다.

그 결과를 보면서 내가 생각하는 나와 비슷하다고 느꼈다. 그걸 여자친구에게 알려줬다. 그녀도 MBTI에 관심을 보였다. 그러면서 말했다.

"내가 요즘 <금쪽 같은 내 새끼>에서 성격검사 테스트 하는 거 봤는데, 우리도 그거 해볼까?"

오은영 박사를 좋아해서 그런지 그녀는 그 테스트를 받아보고 싶어 했다.

"좋아!"

그녀는 바로 예약을 했다.

며칠 후 주말, 나는 그녀를 따라 분당에 있는 한 카페로 갔다. 그곳은 TV에 많이 나와 이미 유명한 곳이었다. 우리는 담당 상담사가 있는 방에 들어가 설문지 문항에 체크했다. 기질 및 성격 검사였다.

30분 후 결과가 나왔다. 여자 친구와 나는 전혀 반대였다. 내가 인내력 수치가 낮은 데 비해 여자 친구는 높았고, 내가 정서적 개방성이 높으면 그녀는 낮았다. 상담사는 두 사람이 전혀 다른 성향을 가지고 있어 상호 보완이 된다고 말했다.

이 검사를 통해 한 가지 재미있는 사실을 발견했다. 테스트 결과 나는 불확실성에 대한 두려움이 제로로 나왔다. 0이란 숫자가 의미하는 것은 미래에 대한 두려움이나 먹고사는 문제가 전혀 고민이 안 된다는 것이었다.

사실 난 평소에 먹고사는 문제를 걱정하지 않는다. 물욕도 별로 없다. 언제나 현재 상황이 중요하고 지금 내가 무엇을 하고 있는지가 더 중요하다고 생각한다.

결과를 보고 나는 이 테스트에 대한 믿음을 가졌다. 솔직히 처음 테스트를 받으러 갈 때만 해도 여자 친구가 하고 싶어 하니까 데이트 삼아 상담을 받으러 간 것이었다. 그런데 결과를 보니 내 마음을 들여다보고 이야기를 하는 것 같았다.

그날 집에 와서 곰곰이 생각했다. 나는 왜 불확실한 미래에 대해 불안감을 갖고 있지 않을까?

난 어린 시절 미래에 대한 두려움이 컸다. 가정형편이 좋지 않아 고등학교를 졸업하기 전인 18살에 사회에 나와 먹고살기 위해 일했다. 혹시나 미움을 받아 일을 못하게 될까 봐 인간관계에 최선을 다했다.

회식을 할 때는 동료들과 끝까지 남아 새벽까지 술을 마시고, 쉬는 시간마다 무조건 함께 담배를 피웠다. 연애를 할 때도 상대방이 나를 싫어할까 봐 두려웠다. 누군가에게 미움을 받는 것도 두려웠고, 아무도 옆에 없다는 것이 두려웠다. 그래서 난 항상 상대방 기분을 맞췄다.

그런데 어느 순간 누군가의 기분을 맞춘다는 게 나의 감정과 시간은 물론 육체적으로도 갉아 먹는다는 걸 깨달았다. 누군가에게 나를 맞출 수 없는 일이고, 그것의 끝은 없었다. 차라리 그 시간에 책을 읽거나, 잠을 자거나, 음악을 듣는 게 더 좋다는 데 결론을 내렸다.

팬데믹은 오히려 나의 이런 생각을 더 깊이 갖게 했다. 자연스럽게 혼자만의 시간을 많이 가졌다. 그러면서 평소 읽지 못했던 책을 많이 읽었다. 방안에서 혼자 키득거리며 무릎을 치면서 읽었다. 태어나서 처음으로 동이 틀 때까지 책을 읽었다.

그리고 지금의 여자친구를 만나면서 그녀에게 더 집중하고, 그녀를 깊이 알려고 노력했다. 함께 여행하고, 운동하고, 공연을 보면서 비로소 그녀가 내 편이란 걸, 나 역시 그녀의 편이라는 걸 깨닫게 되었다.

팬데믹으로 갇힌 세상에서 나는 나를 돌아보며 내가 하고 싶은 것에 귀 기울였다. 그러면서 무엇이 중요한지 알게 되었다. 팬데믹은 나의 영혼을 더 풍요롭게 만드는 시간이 되었다.

그런데 어느 순간 누군가의 기분을 맞춘다는 게 나의 감정과 시간은 물론 육체적으로도 갉아 먹는다는 걸 깨달았다. 누군가에게 나를 맞출 수 없는 일이고, 그것의 끝은 없었다.

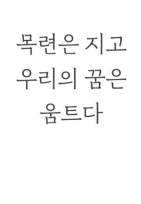

목련은 지고
우리의 꿈은
움트다

박미선

인생의 파도도 서핑처럼, 기다렸다는 듯
기꺼이 올라타고픈 산부인과 의사다

‘오랫만에 H랑 통화했는데 날 잡아서 셋이 같이 만나자 네!’

3일 전 J로부터 문자가 왔다.

나 역시 1주 전 한창 절정인 봄 날씨를 핑계로 조만간 만나자고 J를 졸랐었다. J와 H는 중학교 2학년 때 친하게 지내던 한 반 친구였다. 짝꿍이었던 J와는 최근까지 적어도 1년에 한 번은 만났다. 반면 H와는 20대 후반에 마지막으로 본후 연락이 끊겼다. 다행히 J와 H는 직접 만나지는 못해도 간간이 연락은 하고 지내는 것 같았다.

J의 문자를 받고 나서 우연히 라디오를 듣던 중 목련 축

제 이야기가 흘러나왔다. 마침 축제 기간이 내가 시간을 낼 수 있는 4월 마지막 주 일요일까지였다. 나는 J에게 바로 전화를 했다.

"우리 목련 축제 보러 천리포 수목원 갈까?"

이후로 얼마간 J가 중간에서 H와 나에게 연락하며 조율한 끝에 약속이 정해졌다. 나는 삼각대 겸 셀카봉을 주문했고 수목원 주위에 갈 만한 음식점과 카페를 알아봤다.

나보다 한 살 많은 J는 경찰 공무원인 남편과 고등학생 아들 하나 그리고 중학생 딸 하나를 둔 전업주부다. 현재 일반 중학교 특수학급에 다니고 있는 중학생 딸은 태어날 때부터 심실중격결손이라는 선천성 심장병을 앓았다. 생후한 달이 되어서야 진단받았고 이차적으로 발생한 폐동맥 고혈압 등으로 한동안 신생아 중환자실을 떠나지 못했다.

다행히 몇 번의 고비를 넘기고 아이는 어느 정도 정상적으로 성장했다. 그러나 정서적 혹은 지적으로는 '장애인과 정상인 사이의 경계'다. 그게 일반 학교 특수학급에 다니고 있는 이유이기도 하다. 난 그런 J가 늘 맘에 걸리고 안쓰러웠다. 그래서 가끔 J를 위해 1박 2일 제주여행이나 당일치기 동해 여행 등을 계획해서 함께하기도 했다.

반면 미혼인 H는 중 2때 우리 바로 앞자리에 앉았던 당시에도 똑소리 나는 친구였다. 어릴 적 얼굴에 화상을 입었는데, 몇 차례의 수술에도 불구하고 입술과 턱 주위에 그 흉터가 남아 있었다. 그러나 H는 그것 때문에 주눅들거나 위축되는 적이 없었다. 오히려 항상 밝고 쾌활했다. 또 카랑카랑한 높은 톤의 목소리 만큼 늘 당당했다.

H는 지방의 법대를 졸업한 후 남은 20대의 대부분을 사법고시 준비에 몰두했지만 결국 합격하지 못했다. 더 이상의 미련은 없다며 공부를 접은 후 공무원이 되었다.

드디어 우리가 만나기로 한 일요일 아침 7시 40분경, 평촌 IC 근처에서 안양에 사는 J를 픽업했다. 차가 전혀 밀리지 않아서 우리는 약속 시간보다 한 시간이나 일찍 수목원에 도착했다. 우리는 미리 입장권을 끊고 매표소 앞에서 대구에서 출발한 H를 기다리기로 했다.

어느덧 시간이 흘러 10시 30분이 조금 넘자 J가 갑자기 턱을 치켜세우며 외쳤다.

"저기 H 온다!"

"먼길 오느라 고생했지? 정말 우리 얼마 만이야?"

나는 종종걸음으로 다가오는 H에게 달려가 가볍게 포옹

하며 말했다.

"아마 우리 셋이 마지막으로 서울에서 만난 게 20대 후
반이었으니 대략 20년 정도 될 걸?"

여전히 카랑카랑한 목소리로 H가 웃으며 대답했다.

J가 대표로 입장권을 보여준 후 수목원을 들어서며 우리
의 수다는 본격적으로 시작되었다.

"너 기억나니? 아마 대학교 2학년 때였을 거야. 우리 셋
이 운문사 갔다가 사리암까지 올라갔었잖아. 그리고 내려
오는 길에 40대 후반으로 보이는 아주머니 서너 명이 깔
깔거리며 사진을 찍고 있었거든. 알고 보니 고등학교 동창
들끼리 놀러 오셨던 거야. 너무 보기 좋다며 우리도 나중에
저분들처럼 꼭 다시 같이 오자, 그랬었잖아."

H가 반짝이는 눈으로 나를 보며 말했다.

"정말 그랬어? 정말? 너도 기억나?"

내가 J를 보며 믿을 수 없다는 듯 되물었다.

"글쎄. 난 그냥 다시 같이 왔으면 좋겠다, 그 정도로 기억
하는데? 어쨌든 우리 우연처럼 그 아주머니들 나이 또래가
되어 여기서 다시 만났네. 신기하다."

J가 깔깔거리며 말했다.

"그러게. 암튼 너무 좋다."

내 입꼬리도 한껏 올라갔다. 목련은 안중에도 없는 듯 우리는 걸으며 정신없이 이야기를 나눴다. 그러고 보니 실제로 만개한 목련 나무는 손에 꼽을 정도였다. 그러다 우리 앞에 선명한 빛깔의 자목련 한 그루가 나타났다. 뒤로는 큰 연못을 배경으로 하고 앞에는 벤치가 있었다.

"우리 사진 찍자! 둘이 먼저 벤치에 앉아봐!"

나는 벤치 앞 적당한 위치에 삼각대를 세우고 내 폰을 끼운 후 거리를 체크했다. 이어서 폰 카메라 타이머를 3초로 세팅한 후 재빨리 달려와 J와 H 옆에 바싹 붙어 앉았다.

"자, 다들 마스크 벗었지? 스마일!"

내가 손을 앞으로 내밀어 리모컨을 누르며 외쳤다.

곧이어 폰 카메라 화면에 숫자 3, 2, 1이 차례로 나타나더니 찰칵, 하는 소리가 들렸다.

"우리도 다음에 저런 거 준비해 오자."

우리 앞에서 사진을 찍으려고 기다리던 다른 일행 중 한 아주머니가 말했다.

아무리 둘러봐도 간간이 무리 지어 핀 수선화와 튤립 등이 보이긴 했지만 목련 축제라 말하기엔 실망스러웠다. 대부분의 목련 나무는 이미 꽃이 졌거나 지고 있었다. 그럼에도 근 20년 만에 만난 친구와 함께 하는 시간을 불평하며 보낼 수는 없었다.

"정말 신기해. 거의 20년 만에 만났는데도 길어야 몇 달 전에 너를 만난 것 같이 친근해."

나는 H를 보며 말했다.

걷다가 보랏빛의 꽃무리가 나타나자 H는 멈췄다. 그리고 폰을 꽃나무 앞으로 바짝 가까이 댔다.

"뭐 하는 거야?"

내가 호기심 가득한 눈빛으로 H에게 물었다.

"이렇게 스캔해서 요 위에 있는 꽃무늬를 누르면 최대한 근접한 식물 이름을 검색해서 알려줘. 자, 봐! 백리향이라고 나오지?"

H는 별 것 아니라는 듯 세심하게 알려줬다.

"우와! 신기하다. 나도 다음에 해봐야지!"

나는 감탄하며 말했다.

걷다 보니 햇살이 점점 더 뜨거워졌다. 우리는 바다를 볼 수 있는 밀러가든으로 갔다.

"한쪽으로 붙어서서 고개는 엇갈리게 살짝 내밀어봐!"

멀리 아득한 천리포가 보이는 굴곡진 데크길에서 내가 또 자세를 주문했다.

"자, 간다!"

어느새 각자 엄지와 검지로 만든 작은 하트를 뽐내며 내가 세팅한 삼각대의 카메라를 응시했다.

밀러가든을 빠져나오자 유난히 큰 연잎들이 옹기종기 떠 있는 아담한 연못이 나타났다. 난 앞에 있는 벤치에 둘을 앉혔다. 곧이어 등을 보인 채 나란히 앉아 고개만 서로를 향해 살짝 옆으로 돌린 J와 H의 사진을 보며 내가 탄성을 질렀다.

"너희 둘, CF 모델 같아!"

"우리 미모가 그 정도야?"

J가 너스레를 떨었다.

그러자 H는 하하, 웃었다.

드디어 출구로 나가기 직전 우리는 마지막 인증샷이자 독사진을 찍었다. 인증샷 용으로 만들어 놓은 듯한, 흰 목련이 그려진 대형 액자가 세워져 있었기 때문이다.

우리는 차례로 액자 가운데에 있는 높다란 스툴 의자에 앉았다. 그러자 파란 하늘과 주위의 목련 나무까지 배경이 되어 우리는 대형 액자의 주인공이 되었다. 문득 대형 액자가 각자의 삶의 무대이기를 바라는 마음이 들었다.

수목원을 나와 인근 횟집에서 점심을 먹은 후 미리 검색해둔 '숲속의 정원'이란 카페로 이동했다. 우리는 카페의 통유리 창 너머로 푸른 녹음이 시야에 가장 잘 들어오는 창가 가운데 자리에 앉았다.

"이제 곧 거리 두기도 해제되고 팬데믹도 끝날 텐데 너흰 요즘 어때? 그리고 앞으로 특별한 계획이나 하고 싶은 거 있어?"

내가 H와 J의 얼굴을 번갈아 보며 물었다.

"난 어쩌면 갑자기 더 외로워질지도 모른다는 막연한 두려움이 생겨."

둘의 대답을 듣기도 전에 나는 고백하듯 말했다.

"난 원래부터 집과 회사만 왔다 갔다 해서 큰 감흥이 없었어. 그런데 코로나에 한 번 걸려보니 그 고립감을 실감하게 되더라. 그런데 이젠 홀가분해. 그래서 체력도 기를 겸 오래전에 잠깐 하다 만 검도를 다시 시작하려고. 그래야 트레킹도 계속 할 수 있을 것 같아. 또 사 두기만 하고 배우지 못한 플루트도 이젠 도전해 보려고 해"

H가 들뜬 목소리로 말했다.

"말 마. 난 종일 애들이랑 같이 집에 있으니 미칠 것 같더라. 그런데 어느 날 남편마저 가세하니 우울증까지 걸릴 것 같았어. 이젠 오후라도 잠깐 혼자 시간을 보낼 수 있으니 정말 살 것 같아. 그리고 난 그림이나 피아노를 배우고 싶어. 그런데 그림은 기초 실력이 너무 없어서 왠지 자신이 없어."

J가 뒤로 갈수록 말끝을 흐렸다.

"그럼 피아노를 일주일에 한 번이라도 배우면 되겠네. 빨리 집 근처부터 알아봐."

내가 J의 눈을 응시하며 말했다.

"나는 요즘 들어 내가 정말 누군가 만나기를 간절히 원하는 건 맞나, 하며 자문하게 돼. 그리고 그 물음 끝에 K가 직접 경험하고 내게 조언한 플러스 암시를 실천해보기로 했어. 그래서 이제부터 매일 최소한 한 가지씩 내가 만나고자 하는 이성상을 구체적으로 일기장에 적어 볼 거야. 또 동시에 머릿속으로도 그런 사람을 마주하는 상상을 하는 거지. 어차피 밑져야 본전이잖아?"

쑥스러웠지만 내 마음은 이미 설레고 있었다.

"내가 본 환자 중에 70대 초반인데 평생 혼자 지내다가 최근에 남자친구가 생겨서 산부인과 진료를 보러 왔다고 했던 사람이 있었거든. 그분의 그 소녀 같던 표정을 잊을 수가 없어."

내가 한 마디 더 보탰다.

"나도 60대나 70대에 오히려 더 풍성한 만남을 할 수 있다고 생각해."

J의 맞장구에 안심이 되었지만 솔직히 70대까지 기다릴 자신은 없었다.

우리의 이야기꽃은 끝없이 피어날 것 같았다. 그러나 어느새 날이 저물고 있었고 각자 갈 길이 멀었다. 우리는 헤어지면서 각자의 내면에 다시 움트기 시작한 꿈과 소망들을 실천에 옮기기로 약속했다. 그래서 늦가을 다시 만나면 각자가 피워내고 있는 꿈에 관한 이야기로 우리의 시간을 물들일 것이다. 친구들아! 우리, 그때까지 행복하다 만나자!

오히려 고마웠던
코로나!

박미정

글쟁이가 되고 싶은 월급쟁이로
반짝반짝, 오늘도 달린다

2020년 1월25일. 구정 아침이었다. 7시 알람 소리에 일어나 씻고 외출준비를 했다. 옷장 제일 구석 자리에 있던 까만색 정장 바지와 무늬가 없는 검정 폴라 니트를 꺼내 입었다. 머리는 뒤로 모아 하나로 묶었다.

아이들 한복을 꺼냈다. 연노랑 저고리에 분홍 치마. 작년에도 입었던 한복이다. 7시 20분쯤 아이들을 깨웠다. 비몽사몽 정신이 없지만 떼를 쓰지 않고 일어났다. 벌써부터 패션에 관심이 많은 7살 둘째 수인이는 꺼내놓은 한복을 보고 얼굴이 환해졌다.

"엄마! 오늘 설날이지? 한복 입는다. 오 예~!"

아이들 옷을 갈아입히고 머리를 땋아주었다. 이제 9살이 되는 첫째 민주는 작년에 입었던 한복이 짧았다. 종알종알 부산을 피우는 동안 민주 아빠가 일어나 준비하는 소리가 들렸다. 온 가족이 외출준비를 마치고 미리 준비해두었던 한우 세트와 이틀치의 여벌옷 등을 챙겨 출발했다.

민주 할아버지댁은 차로 불과 10분 정도의 거리에 있다. 도착하니 8시가 조금 넘었다. 벨을 누르자 민주 할머니가 환하게 웃으시며 문을 열어주셨다. 민주 할아버지는 한복을 곱게 차려입고 거실에 앉아 계셨다. 인사를 드리고 세배할 준비를 했다. 민주 아빠는 다른 형제가 없어 명절에 인사 드리러 가는 것은 우리가 전부다. 일산에 살고 있는 여동생이 하나 있긴 하지만 결혼 후 명절에 찾아온 적은 없었다. 할머니, 할아버지가 창가 쪽에 앉으시고 맞은편에 민주 아빠, 민주, 수인이, 내가 나란히 섰다.

"새해 복 많이 받으세요."

세배를 하고 일어서자 할머니, 할아버지의 덕담이 이어졌다. 올 한 해 건강하고, 공부도 열심히 하고, 살도 빼고, 회사도 열심히 다니고.

새뱃돈을 받아들고 표정이 밝아진 아이들이 할머니, 할

아버지의 품에 안겼다.

민주 할머니께서 음식을 미리 준비해 두셨다. 갈비찜, 생선구이, 각종나물, 튀김 등 명절 상이 한상 푸짐하게 차려졌다. 민주 할머니께서 다 먹고 난 그릇과 음식들을 정리하시는 동안 나는 과일과 커피를 준비했다.

"음음……."

아침드라마에 나오는 화목한 가족의 아침 식사 장면처럼 끝났으면 좋았을 텐데 그렇지 않을 모양이었다.

"내가 지난주에 민주와 3일 동안 생활을 해 본 결과, 앞으로 일주일에 하루이틀 민주와 함께하는 시간을 가졌으면 한다. 무슨 이야기냐 하면……."

민주와 수인이를 돌봐주시는 분이 보름 전 유럽여행을 가셨고, 겨울방학이라 민주를 혼자 둘 수 없어 민주 할머니, 할아버지께 3일 동안 돌봐달라고 부탁드렸다. 수인이는 아직 유치원을 다닐 때라 방학이 짧아 문제가 없었다. 그렇게 민주는 혼자서 할머니, 할아버지와 3일을 보내게 되었다.

"민주가 글씨를 쓰는 것이 그림을 그리는 수준이고, 획순이 엉터리이며, 받침이 있는 글자는 전혀 익히지 않은 듯하다. 숫자를 아직도 순서대로 완벽하게 셀 줄 모르고, 덧셈

96

뺄셈을 할 때에는 긴장을 많이 한 탓인지 오답률이 높다. 책을 읽을 때 차분히 글자 그대로 읽지 않고 건너뛰거나 다른 단어로 대체해서 읽어버린다."

민주에 대한 자세한 진단 결과를 쏟아내셨다. 민주가 내 옆구리를 쿡쿡 찔렀다. 민주가 내 귀에 대고 속닥속닥했다. 민주가 나에게 무슨 이야기를 했는지는 전혀 기억나지 않는다. 민주 할아버지가 나와 민주를 보고 있다가 민주에게 말했다.

"민주야, 사람들이 다 같이 이야기하고 있을 때는 다 들리게 해야지. 그렇게 둘이서만 속닥거리는 것은 예의가 아니다."

머리에 지릿지릿 전기가 흐르는 느낌이 들었다. 온몸에 힘이 잔뜩 들어가 버티지 못하고 부들부들 떨리는 것이 느껴졌다.

"본인을 앞에 두고 그런 말씀을 하시니 민주가 그러는 거죠."

툭 튀어나온 말에 민주 할아버지의 표정이 굳어졌다. 이전에도 민주 할아버지와는 몇 번의 언쟁이 있었다.

민주가 태어나고 10개월 뒤 복직을 했는데 당시에 울산에 계시던 민주 할아버지가 민주를 울산으로 데려가 키우시겠다고 했다. 어릴 적 부모님과 떨어져 살았던 경험이 아프게 남아 있는 나로서는 절대 받아들일 수 없었다. 매주 울산을 다녀와야 하는 번거로움과 교통비, 아이의 정서 등을 이유로 민주를 돌봐주실 분을 고용해 내가 데리고 키우는 것이 좋을 것 같다고 말씀드렸다.

왜 매주 와야 하느냐, 너희는 어른이니 아이가 보고 싶더라도 참아라, 아이에게 집은 단순한 장난감 정도의 존재이다. 당시 초등학교 교장 선생님이셨던 민주 할아버지가 했던 말들이었다.

정작 민주를 데려가시면 민주를 키우셔야 할 할머니는 입을 꾹 다물고 바닥만 보고 계셨다. 결국 민주는 나의 고집대로 나와 함께 살게 되었고 나는 민주를 돌봐주실 분을 모셨다.

민주 할아버지가 민주가 6살 때쯤 우리 집을 다녀가신 적이 있었다. 이제 막 글자에 관심도 생기고 할 때였는데 할아버지에게 칭찬을 듣고 싶었는지 종이를 가져와 이름을 쓰는 것을 보여드렸다.

"애미야, 민주 글씨 쓰는 것을 본 적이 있나?"

"네, 당연하죠."

"글씨를 쓰는 게 아니라 그림을 그리고 있네. 획순도 다 엉망이고."

"이제 시작하는 거니까요. 점점 좋아지겠죠. 그리고 획순은 지금부터 너무 잡아주려고 애쓰지 말라고 하더라고요. 독서 선생님이."

"사교육을 하는 사람들 말은 믿으면 안 된다. 그 사람들은 돈벌이를 위해서 뭐라도 팔아먹으려고 하는 사기꾼들이다."

"공교육을 하는 사람도 결국은 월급을 받으려고 교육하는 사람들이잖아요? 다 똑같죠."

나의 말에 초등 교사 출신인 민주 할아버지의 언성이 높아졌다. 그 뒤로는 뭐라고 하셨는지 잘 기억도 나지 않는다. 민주 아빠와 민주 할머니는 자리를 피해 각자 다른 방으로 가버렸고 나와 민주 할아버지만 덩그라니 거실에 있었다.

퇴직 후, 2018년 민주 할아버지는 우리 집 근처 아파트를 분양받아 이사하셨다. 이사 후에도 자주 만나지는 않았지만 만날 때마다 머릿속에 전기가 지릿지릿하는 상황들이 반복되었다. 그리고 2020년 구정 아침에는 전기가 세게

흘렀다. 3일 동안 민주를 바라보았을 눈. 그 눈이 머릿속에 맴돌았다.

어색해진 분위기 속에 남은 커피와 과일을 먹고, 민주 할머니의 재촉에 우리는 친정으로 출발했다. 친정에서 하룻밤을 자고 다음 날 일어나 보니 민주 할아버지로부터 카톡 메시지가 와 있었다. 민주 아빠와 나를 초대해 그날 새로 만든 단체카톡방에서 새벽 6시에 보내신 메시지였다. 어제 하셨던 말씀이 그대로 1번부터 10번 넘게까지 번호가 매겨져 정리되어 있었다.

'천재적인 재능을 타고난 민주가 부모와 양육자의 무지와 무관심으로 인해 더 이상 망가지는 것을 방치할 수 없다. 내가 민주와의 시간을 갖는 것에 대해 긍정적으로 고민해보고 답을 주길 바란다.'

나는 아무 답도 하지 않았다. 민주 아빠도 메시지를 본 것 같았지만 아무 답이 없었다. 메시지에 답뿐 아니라 민주 아빠와 나, 우리 사이에도 아무런 대화가 없었다.

친정에서 하루를 더 자고 집으로 돌아왔다. 서로 말이 없이 지내다가 3일이 지났다. 민주아빠가 아이들과 함께 자려고 누운 나를 불러냈다.

"어떡할 건데?"

"안 보낼 거야."

"왜?"

"이야기의 내용과 상관없이 애를 앞에 두고 그런 이야기를 하는 건 잘못되었다고 생각해."

"틀린 말은 없잖아? 오히려 좋은 기회가 될 수도 있을 것 같은데?"

"……."

"네가 민주 엄마니까 네 마음대로 해라."

"내가 2월부터 휴직하고 민주랑 있으면서 아버님이 이야기한 부족한 부분을 챙겨 볼게."

"알아서 해라."

다음 날 4박 5일 일정으로 계획되어 있던 가족여행을 다녀왔다. 여행에서 돌아온 날 밤에 팀장에게 전화했다. 내일부터 당장 휴직을 하고 싶고, 업무 인수인계할 여유가 없으니 일은 집에서 문제없이 처리하겠다고 말씀드렸다. 팀장은 무슨 일인지 모르겠지만 이유가 있을 것이니 일단 내일은 쉬고 서로 좋은 방법이 있는지 찾아보고 연락을 주겠다고 했다.

다음 날 저녁, 팀장에게서 전화가 왔다. 휴직 중에는 시스템 권한이 없어져서 업무를 할 수가 없으니 휴직을 하지 않고 너의 문제를 해결할 시간을 버는 방법을 생각해보고 다시 연락을 하겠다고 했다. '알아서 해라'와는 너무 다른 답변이었다.

팀장은 육아휴직 대신 단축근로를 제안했다. 이틀 휴가 뒤, 단축 근로 신청을 위해 출근을 했다. 팀원들이 궁금해하는 눈치가 보였지만 모른 척 자리에 앉았다. 옆자리의 선배 팀원이 말을 꺼냈다.

"네가 무슨 일인지는 모르겠지만 근태는 잘 생각해야 한다. 단축 근로는 무조건 네가 손해다. 네가 휴가가 스무 개가 넘는데 매일 반차를 쓰면 40일을 넘게 버틸 수 있거든. 휴가를 제일 먼저 활용하고 그래도 해결이 안 되면 단축근로, 그래도 안 되면 휴직을 하는 거지. 네가 단축근로를 하면 월급도 절반, 성과급도 절반. 그렇다고 일이 절반으로 줄 것 같나?"

이 또한 '알아서 해라'와는 달랐다. 결국 나는 매일 반차를 쓰며 보름을 보냈다. 보름 뒤 코로나 상황이 악화되면서 회사에서 재택근무제도를 도입했다. 팀장이 나에게 재택근무에 대한 공문을 전달해주며 원하는 만큼 재택을 하라고 했다. 나의 문제가 해결될 때까지.

2020년 2월과 3월 두 달 동안 회사에 정상 출근을 한 일수가 10일도 안 되었다. 아침을 차려먹고 수인이를 등원시키면 온라인수업을 하는 민주와 둘이 남았다. 민주는 방에서 수업, 나는 주방 식탁에서 업무를 했다. 민주의 수업이 끝나면 같이 점심을 먹고 오후엔 민주와 한글, 연산을 공부했다. 3시쯤 민주가 학원을 갈 시간이 되면 같이 나와서 나는 회사로 갔다. 아이들을 돌봐주시는 분이 오후 4시쯤 오셔서 저녁 8시까지 계셨다. 나는 집에서는 단순처리 가능한 업무 위주로, 3시 이후 회사에 가서는 좀더 복잡한 업무들을 처리했다.

2020년에 코로나가 없었다면 나는 아마도 휴직을 했을 것이다. 휴직을 할 여건이 안 되면 퇴사를 했을지도 모른다. 하지만 때마침 찾아온 코로나 덕분에 2년여가 지난 지금까지 나는 여전히 회사를 다니고 있다. 그리고 아이들은 그때나 지금이나 잘 자라고 있다.

쓰러진 나를
일으켜 세운 가수
이승윤

박서연

안에 묵혀둔 고물을 보물로 갈고 닦으며
타로로 마음을 읽는다.

시계를 보니 새벽 3시 40분. 드디어 오랫동안 기다렸던 콘서트가 열리는 날이다. 그것도 그의 자작곡으로 꽉 채운 온전한 단독 공연이다. 콘서트는 저녁, 밤까지 좋은 컨디션을 유지하려면 잠을 자야 했으나 잠이 오지 않았다. 결국 눈만 감고 있다 6시쯤 일어났다. 잠을 통 못 잤는데도 신기하게 몸이 가벼웠다.

가방을 열어 미리 준비했던 것들을 확인했다. 신분증, 공연 티켓, 망원경, 비닐장갑, 소독제, 간식, 휴대폰, 충전기, 그리고 파란색 후드티셔츠.

오늘 공연이 무사히 열릴 수 있을까. 어제만 해도 코로나 확진자가 40만 명을 넘어 최고치를 찍었다. 다행히 공연은 열린다지만, 공연장에 제대로 들어갈 수는 있을까. 아니 그 많은 사람이 모이는데 코로나 확진자와 접촉되지 말라는 법도 없지 않은가. 설레는 마음으로 가방의 준비물을 확인하면서도 여전히 걱정이 앞섰다.

그래도 열린다고 하니 일단 가자. 공연은 저녁인데 나는 일찌감치 집을 나섰다. 어렸을 때 첫 소풍 가는 기분 같았다. 집에서는 공연히 안절부절, 어떤 일도 손에 잡히지 않았다.

나는 10년차 프리랜서 타로 강사다. 그동안 주로 기관과 단체에서 특강을 했다. 그룹 워크숍을 기획해 진행하기도 했다. 그러나 코로나는 그런 나의 일을 모두 앗아가버렸다. 모든 오프라인 강의는 사라졌다. 가끔 온라인 강의가 있었지만, 온라인 강의는 쉽지 않았다. 특히 내가 하는 일은 현장에서 수강자와의 교감을 살려야 하는 것이라서 온라인으로 대체할 경우에는 아쉬움이 많았다.

나는 사람을 만나고 일하는 것을 좋아한다. 일을 하지 않다 보니 당연히 기운이 나지 않았다. 처음에는 곧 끝나려니 했다. 그러나 코로나 상황은 날이 갈수록 심각해졌다. 매일 밖에 나가던 나는 집안에 틀어박힐 수밖에 없었다. 강의는

커녕 친구조차 만날 수 없었다. 나의 정체성도 흔들렸다. 우울감이 심해졌다. 뿐만 아니라 일을 하지 않으니 생계에도 타격이 컸다.

그러던 어느 날, 친정에 갔다 아무 생각 없이 텔레비전을 보고 있었다. 집에서는 텔레비전조차 보지 않을 때였다.

이런저런 사람들이 나와서 노래를 했다. 모두 낯선 이들이었다. 그런데 노래를 듣다 한 가수의 노래에 그만 가슴이 뛰었다. 〈싱어게인-무명가수〉의 30호 가수 이승윤이었다. 방구석에서 나왔다는 그의 노래는 쓰러진 나에게 한 줄기 빛과 같았다. 이후 나는 그의 노래를 찾아 듣기 시작했다.

20대 대학 시절, 나는 선후배들과 어울려 노래를 불렀다. 동아리방에서 밤늦도록 함께 노래하고, 학교 대강당과 소극장에서 함께 공연하기도 했다. 그때 나는 강은교 시인의 시'해금강의 돌'을 갖고 곡을 만들어 '누가 떠나려 하는가'라는 노래를 부르기도 했다.

나는 혹시나 싶어 유튜브 검색을 해봤다. 놀랍게도 내가 만든 노래가 있었다. 당시 카세트테이프 몇 개에 노래를 녹음했었는데, 그게 누군가의 손에 들어갔고 그것이 유튜브로 만들어진 것이었다.

나는 창고에 처박았던 기타를 꺼냈다. 전공 수업은 빠지고 매일 동아리방을 들락거리던 나의 그 시절이 오롯이 살아났다. 노래극을 만들어 무대에 올렸을 때의 기쁨이 그대로 살아나 몸이 저렸다. 그때의 열정은 지금 모두 어디로 갔을까.

공연이 열리는 올림픽공원에 도착하니 오후 2시. 나만 일찍 왔나 조금 뻘쭘할까 싶었는데 웬걸, 공연장 입구부터 파란색이 물결을 이루었다. 파란색은 이승윤 팬들의 상징 색. 파란색 티셔츠와 모자, 가방, 마스크, 각종 팬아트와 스티커 등 사방이 파란색이었다.

나는 가방에서 파란색 후드티셔츠를 꺼내 입고 이것저것 구경했다. 모두 처음 만나는 낯선 사람들이었지만 왠지 모두 친근했다. 우리는 모두 이승윤을 사랑하는 사람이라는 것, 이승윤의 팬이라는 것, 그 동질성이 서로의 눈빛만 봐도 따스하게 느껴졌다.

드디어 공연 시작. 둥둥둥둥. 심장이 크게 뛰었다. 이러다 내가 심장마비로 죽으면 어떡하지 싶을 정도였다. 그날 이승윤은 자작곡만으로 무대를 꾸몄다. 그의 노래가 끝날 때마다 나는 손바닥이 얼얼할 정도로 박수를 치고, 목이 아프도록 소리를 쳤다. 나뿐만 아니라 그 자리에 모인 수천 명이 그랬다. 물론 '떼창'이 금지된 상황이어서 가슴에서 터져나오는 노래를 마스크로 틀어막은 상태에서. 그러니 더 울림이 클 수밖에.

20대 선후배들과 노래했던 그 열정이 꿈틀거렸다. 수많은 강의와 워크샵을 해냈던 나의 모습이 되살아났다. 그렇지, 내가 그랬지. 내가 이렇게 힘없이 있을 수는 없지. 나는 원래 이런 사람이 아니었다. 내 안에서 뜨거운 것이 솟아났다.

어떤 사람은 한참 어린 가수를 좋아한다고, 콘서트를 다닌다고 비웃기도 한다. 그러나 이승윤은 내게 단순한 가수 이상이다. 그의 노래는 내게 위로 이상의 위로를 주었고, 힘이 되었다. 방구석에 있던 그가 〈싱어게인-무명가수〉을 통해 세상 밖으로 나온 것처럼 나도 다시 세상 밖으로 나올 수 있다는 희망을 주었다. 코로나로 우울했던 나를 일으켜 세운 건 음악인 이승윤이었다.

나는 창고에 처박았던 기타를 꺼냈다.

전공 수업은 빠지고 매일 동아리방을 들락거리던

나의 그 시절이 오롯이 살아났다. 노래극을 만들어

무대에 올렸을 때의 기쁨이 그대로 살아나 몸이

저렸다. 그때의 열정은 지금 모두 어디로 갔을까.

지루한 건
못 참아

예시아

풍부한 경험으로 인생을 재밌게 채우고 싶다.

날이 좋아 원피스를 입으려다 슬랙스와 티셔츠를 꺼내 입었다. 그리고 화장품 몇 개와 지갑, 휴대폰 등을 간단하게 챙기고 헬멧을 손에 들었다. 그리고 1층에 세워져 있는 자전거를 타고 출근길을 나섰다.

코로나가 유행한 지 1년 정도 지나자 나는 지루함에 몸부림쳤다. 집에 있는 걸 좋아하는 편이지만 이렇게까지 심심하게 집 주변만 배회할 계획은 없었다. 적어도 한 달에 한 번 정도는 친구를 만나 회포를 푸는 것이 다시 일상을 가동해주는 원동력이었는데 이놈의 코로나가 작은 즐거움마저 다 빼앗아 버리고 만 것이었다.

집-회사, 회사-집. 지루한 일상을 바꾸고 싶었다.

그러던 중 자전거가 눈에 들어왔다. 자전거 구매는 계획에 없었던 지출이라 충동구매라고 할 수 있지만 난 그럴듯한 이유를 몇 가지 만들어 자전거 구매를 합리화시켰다.

첫째, 자전거 타기는 비교적 코로나로부터 안전한 운동이다.

둘째, 잘만 타면 살도 빠질 수 있다.

셋째, 지루해진 일상에 새로운 재미를 찾을 수 있다.

나는 여러 자전거를 알아보다 가볍고 접어서 휴대하기도 쉬운 하얀색 미니벨로를 30만 원에 구입했다. 이후 나는 자전거로 출퇴근하기 시작했다.

자전거로 출퇴근하는 길은 꽤 다이나믹하다. 내가 다니는 회사는 도시보단 시골에 가까운 곳에 있다. 그래서 자전거를 타기엔 도로가 굉장히 좋지 않다. 자전거 전용도로는 기대할 수 없고, 오르막길과 내리막길이 많다. 심지어 인도가 없는 곳이 많아 도로 차선 옆 10센티미터 남짓한 공간에서 아슬아슬하게 타야 할 때도 있다.

또 공사하는 곳도 많아 공사장을 지나다 보면 아침부터 흙먼지를 먹어야 한다. 그리고 무엇보다 셔틀버스를 타고 다닐 때보다 시간이 곱절로 소요된다. 하지만 이렇게 자전거로 출근하면 아침부터 미션을 완수한 것처럼 꽤 뿌듯하다.

내가 자전거를 타고 출근하자 직원들이 물었다. 시간은 얼마나 걸리는지, 자전거는 얼마를 줬는지, 언제 샀는지 등등. 질문이 비슷해서 매번 똑같은 대답을 해야 하지만 이것도 귀찮진 않다. 더러 '멋있다, 아침부터 대단하다'라며 감탄하는 이들도 있는데 이런 말을 들으면 괜히 내가 원래 자전거를 좋아하고, 꽤 부지런했던 사람인 듯한 착각이 들기도 한다.

주말이면 자전거를 접어 차에 싣고 교외로 나가곤 했다. 남자 친구와 여러 곳을 다녀봤지만, 가장 기억에 남는 곳은 시화나래자전거길이다. 시화나래자전거길은 자전거 덕후라면 꼭 한 번 방문해야 하는 곳으로 이름나 있다. 그만큼 길도 잘 닦여 있고, 푸른 바다를 끼고 있어 달리는 동안 멋진 풍광을 즐기기에 최고다.

자전거 고수들은 두 팔을 활짝 벌리고 시원한 바닷바람을 만끽하며 탄다. 나 역시 핸들에서 손을 떼 그렇게 달리고 싶었다. 그러나 아직 초보인 나는 한 손만 떼도 앞바퀴

가 휘청거렸다. 그래도 핸들을 꽉 잡고 질주하는 동안 난 자유를 느낀다. 평소 같으면 한 시간 정도 타면 지치는데 이곳에서는 두 시간을 타도 끄떡없다.

시화나래자전거길을 처음 다녀온 후 회사 동료에게 자전거 타고 온 이야기를 했더니 그 친구는 코로나 이후 캠핑에 푹 빠졌다고 말했다. 그 역시 나와 마찬가지로 마음껏 누굴 만나지 못하고 지루하던 중 캠핑이 눈에 들어왔다고 했다. 처음엔 조그만 텐트를 사서 캠핑을 했는데 그 이후 매주 캠핑을 다니면서 조금씩 캠핑 장비를 사 모으는 바람에 지금은 캠핑용 의자만 6개가 된다고 했다. 또 캠핑 장비는 어떤 게 있고, 어떤 음식을 해 먹으면 더 맛있는지 등등 신나게 설명했다.

역시 사람은 적응의 동물이 맞는 거 같다. 그 동료도 나도 코로나에 적응하여 그 안에서 할 수 있는 새로운 재밌는 것들을 찾는 거 보면 말이다.

오늘도 나는 자전거를 타고 출근했다. 지난주에 다녀온 시화나래자전거길 라이딩에서 얻은 에너지로 오늘 아침 출근길은 몸도 더욱 가벼웠다.

첫 촬영 비하인드

예시아

소소하게 운영하고 있는 블로그에 댓글이 달렸다.

댓글이 달린 건 작성한지 6개월 정도 지난 청년김대건 길을 다녀온 글이었다.

'안녕하세요, 선생님. *KBS* 다큐 제작팀에서 취재작가를 맡고 있는 ㅇㅇㅇ이라고 합니다.

다름이 아니라 저희가 이번에 용인을 촬영하게 되면서, 내일 청년김대건길을 걸을 예정이거나 도보순례를 하실 예정이신 분을 찾고 있는데요. ⋯⋯.*(이하 생략)*'

이건 무슨 댓글일까? 신종 피싱일까? 댓글 내용을 봐선 나에게 인터뷰를 부탁하는 글인 같은데.

나는 합리적인 의심을 해봤다.

'작성한 지 6개월이 지난 글에다 이웃도 많지 않은 블로그인데 굳이 나한테 연락할 이유가 있을까?'

의심은 곧바로 호기심으로 바뀌었다.

'아니지, 급하면 그럴 수도 있지 않을까?'

의심과 호기심이 뒤섞인 고민을 하다 나는 남자친구에게 자초지종을 설명했다. 그는 간단하게 대답했다.

"오, 재밌겠다! 연락해 보자!"

나는 댓글에 있는 번호를 눌렀고 스피커폰을 켰다. 전화를 받은 사람은 본인을 <김영철의 동네 한 바퀴>를 진행하고 있는 작가라고 소개했다. 그리고 이번 주 촬영분이 청년김대건길이어서 촬영을 갔다 왔는데 평일이라 등산객이 없어 인터뷰를 하지 못했다며 추가 촬영해야 한다고 했다. 그러면서 만약 내일 등산을 할 계획이라면 간단한 촬영과 인터뷰에 응해줄 수 있느냐고 물었다.

나는 오빠를 쳐다보며 격하게 고개를 끄덕였고 우리는 다음날 오후 1시에 청년김대건길 바로 앞에서 만나기로 약

속을 잡았다.

통화가 끝난 후 블로그로 인터뷰이를 섭외한다는 사실과 내가 텔레비전에 나올지도 모른다는 기대감으로 설렜다.

하지만 설렘은 아주 잠깐, 심장이 콩닥콩닥 뛰기 시작했다. 부끄러워서 결혼 행진도 못했다던 아빠와 아무한테나 말 걸기 좋아하는 엄마 사이에서 태어난 나는 아빠 피를 더 많이 물려받은 건지 수줍음이 많다. 이런 내가 인터뷰는 잘 할 수 있을지 괜한 흑역사나 만드는 건 아닌지 걱정이 됐다. 혹시 남자친구도 나처럼 떨릴까?

그런데 그는 여유만만이다. 심지어 허세까지 부리며 장난스럽게 말했다.

"난 인터뷰 베테랑이야. 내가 어떤 대답을 할지 기대돼. 나 인터뷰한 거 못 봤어?"

그러더니 휴대폰을 뒤져 영상 하나를 보여줬다. 휴대폰 속 영상은 약 5년 전 것으로 SBS 〈모닝와이드〉의 일부였다. 요트를 타는 오빠가 전곡항 마리나 시설에 대해 이야기하는 장면이었다.

물론 오빠가 나온 모습은 10초도 채 되지 않았지만 한번 해봤다고 여유를 부리는 것이 꽤 부러웠다. 마음 같아선 멋지게 첫 데뷔를 하고 싶어 혼자 인터뷰 연습을 해보기도 했다.

다음날 등산복을 입고 약속 시간에 맞춰 청년김대건길로 갔다. 반려견 복순이도 함께 갔다.

촬영팀은 카메라 감독, 작가, 보조 감독 등 총 3명이었다. 촬영은 아주 간단했다. 청년김대건길 초입 부분에서 우리가 걷는 모습을 앞과 뒤에서 찍고 옆에서도 찍고는 간단한 인터뷰를 하는 것이었다.

우리는 손을 꼭 잡고 걸었다. 그리고 우리 옆엔 복순이도 함께 걸었다. 길을 걸으면서 자연스러워 보이려고 괜히 하늘도 한 번 봤다 복순이도 한 번 봤다. 들릴 듯 말 듯한 목소리로 오늘 날씨가 참 좋다, 복순이가 카메라 체질이다, 라는 등의 말도 했다.

촬영이 끝나고 인터뷰 시간이 되자 나는 남자친구를 슬쩍 앞으로 당기며 인터뷰할 사람이라고 말했다. 결국 연습까지 했지만 나의 수줍음이 이기고 만 것이다.

나는 카메라 뒤에 살짝 빠져 서 있었다. 그런데 작가가 남자 친구 옆에 서 있어도 된다고 해서 냉큼 그 옆으로 갔다. 부끄러운데 또 텔레비전에는 나오고 싶은 내 마음을 조용한 관종들은 이해할 것이라 믿는다. 오빠가 인터뷰하는 동안 나는 옆에 서서 예쁜 표정을 지어 보았다. 물론 마스크에 얼굴 절반이 가려 보이지도 않을 걸 알지만 한껏 카메라를 의식했다.

마스크를 써서 얼굴이 절반밖에 나오지 않아 아쉬웠지만, 한편으론 떨리는 마음의 절반을 마스크가 가려준다고 생각하니 이것도 나쁘지 않겠다는 생각이 들었다.

카메라를 신경 쓰느라 작가가 무슨 질문을 하는지 또 오빠는 어떤 대답을 하고 있는지 잘 들리지 않았다. 시선은 뚜렷한데 귀만 진공상태에 있는 거 같았다.

"옆에 여성분은⋯⋯?"

이건 계획에 없던 일인데 작가가 나에게도 질문을 한 것이다.

'지금 내가 뭐라고 대답했지? 작가님 질문이 뭐였지?'

일단 나는 대답을 했는데 뭐라고 했는지 기억이 잘 나지 않는다. 사실 며칠이 지난 지금도 질문이 뭐였는지 기억이 나지 않는다. 아, 이거 괜한 흑역사를 만들고 온 게 아닌가 싶다. 조용히 본방송을 확인해봐야겠다.

*방송은 <김영철의 동네 한 바퀴> 제 170화 '곁에 있다, 행복 -경기도 용인'으로 방영되었다. 다행히 인터뷰 영상은 편집되면서 사라지고 흑역사는 만들지 않았다.

하지만 설렘은 아주 잠깐, 심장이 콩닥콩닥 뛰기 시작했다. 부끄러워서 결혼 행진도 못했다던 아빠와 아무한테나 말 걸기 좋아하는 엄마 사이에서 태어난 나는 아빠 피를 더 많이 물려받은 건지 수줍음이 많다. 이런 내가 인터뷰는 잘할 수 있을지 괜한 흑역사나 만드는 건 아닌지 걱정이 됐다. 혹시 남자친구도 나처럼 떨릴까?

바뀐 전시회

유선

치유의 글쓰기에서 공감 주는
글쓰기를 꿈꾸는 직장인이다.

"이 상황에서 누가 해외 출장을 갑니까? 우리는 이번에 빠질게요."

출국을 불과 일주일 앞두고 같이 가기로 한 기업 대표가 전시회에 가지 않겠다고 했다. 전시회 참가를 위해 시 지원금과 기업부담금을 합쳐 한 기업당 천만 원 가까운 비용을 들인 터였다. 나는 코로나 위험 수준이 어느 정도인지 공식적인 발표가 없는데 기업이 포기하는 것을 받아들이기 어려웠다.

"대표님, 전시회 참가비가 꽤 많이 들었는데 가능하면 가시는 건 어떠세요?"

전시회 참가 기업을 인솔하는 책임을 지고 있는 나는 다시 한번 생각해 달라고 요청했다.

"그 전시회에 중국인들이 많이 오는데 전염이라도 되면 당신이 책임질 거야?"

그는 전시회 홈페이지에서 부스 도면을 미리 확인했다며 거칠게 거절했다.

"그럼 페널티 없이 취소가 가능한지 시 담당자와 이야기해 보겠습니다."

결국 아무런 제재 없이 참가하지 않는 것으로 마무리되었고 나는 그 기업을 제외한 24개 기업을 인솔, 독일로 출국했다. 2020년 2월, 프랑크푸르트에서 열린 춘계 소비재 전시회Ambiente였다.

이 전시회는 매년 2월 독일에서 개최되는 주방용품, 생활용품, 선물용품, 인테리어용품, 정원용품 등을 전시하는 소비재 전시회로서, 미국 시카고와 홍콩에서 열리는 전시회와 함께 세계 3대 전시회로 통한다.

나는 중소기업중앙회, 경기도, 시 사업을 받아 국가관의 하나인 한국관을 운영하는 총괄 책임자로 참가했다. 이전까지의 한국관은 제품이 다르더라도 같은 전시장에 모여 있었다. 그런데 이번에는 유사한 제품군으로 나뉘어서 전시됐다. 그러다 보니 전시장이 여러 곳이 됐다.

우연히 용인시 기업은 생활용품이 대부분이어서 한곳에 모여 있게 됐는데 중국관 바로 옆이었다. 출국을 일주일 앞두고 취소한 기업 대표의 심정을 이해할 수 있었다. 나도 용인시 참가기업 부스로 갈 때면 중국인들을 피하려고 빙 돌아서 갔다.

전시장 분위기는 2년 전 참석했던 때와 달랐다. 전시장에 사람이 없고 동양인이 운영하는 부스는 황량하기까지 했다. 세계적으로 유명한 독일 주방제품 전시 부스도 한산했다.

전시회 이튿날 나는 한국에서 준비해 온 손 소독제와 마스크를 우리 기업 부스를 돌며 건네주었다. 기업 참가자들은 손님들이 없다며 불평했다.

"전시회 손님들은 동양인들 주변에는 얼씬도 하지 않으려나 봐요."

어느 한 기업은 아예 자신의 부스를 떠나 사람들이 모여 있는 부스에 가서 카탈로그를 나눠주며 홍보했다.

한 기업 대표는 태극기 배지를 건네주며 말했다.

"이거라도 달고 다녀야 험한 꼴 당하지 않아요."

나는 즉시 가슴에 배지를 달았다.

나의 업무는 중소기업의 해외 전시회 참가를 지원하는 것이다. 기업 모집에서부터 부스 예약, 참가 등록, 부스 장치, 전시품 운송, 항공 및 숙박 예약 등 전시회 참가에 필요한 것을 준비해 기업들이 편하고 안전하게 참가하도록 돕는 것이다.

따라서 이번 전시회에서처럼 사람도 없고 성과가 별로인 경우에는 참가한 기업 담당자들의 기분을 풀어주는 것도 나의 역할이다. 코로나 19로 방문객이 없는 부스를 계속 돌아다니며 살펴야 하는 이유다.

5일 동안의 전시회가 끝날 때 한 기업 대표가 말했다.

"방문 손님은 거의 없었지만 의미 있는 바이어를 만나 앞으로가 기대돼요. 전시회에 참가하게 되어 고맙습니다."

그 말 한마디는 전시회 준비와 행사 기간 내내 힘들었던 것들을 눈 녹듯 사라지게 했다.

전시회가 끝나 인천공항에 도착해 입국심사장으로 이동하는데 중국발 비행기 탑승 승객들은 별도의 심사장으로 가라는 안내방송이 반복해서 나왔다. 코로나 19가 그새 더 심각해진 것이었다.

결국 코로나 19의 감염률이나 치사율 실체가 드러나면서 세계보건기구에서는 국가 간 여행 금지 권고를 내렸고 나라별로 하늘 문을 굳게 닫았다. 따라서 해외 전시회도 줄줄이 취소되었다. 독일에서 돌아와 미국 라스베이거스와 시카고에서 개최하는 전시회를 준비하고 있었는데 이것들도 모두 취소되었다. 이 전시회들은 내가 무척이나 하고 싶어 오랫동안 특별히 공들여 준비하던 참이어서 너무 아쉬웠다.

이후 전시회 주관사들은 온라인 화상 전시회 플랫폼을 만들었다. 온라인 쇼핑몰을 전시회에 도입한 개념인데 인터넷에서 제품을 전시하고 등록된 사람끼리 상담하는 방식이다. 직접 사람끼리 만나서 표정을 살피며 협상하지 않아 현장감은 떨어졌지만 훌륭한 대체 수단이 되었다.

나도 해외로 나가는 대신 온라인 전시회로 바뀐 미국 라스베이거스 국제전자제품박람회The International Consumer Electronics Show를 운영했다. 전시회 참가자는 온라인 등록부터 참가를 위한 복잡한 절차를 거쳐야 하는데 처음 해 보는 것이라 생소하기도 했고 주관사에서 제공하는 정보를 이해하기 어려워했다.

무엇보다도 전시 참가자는 자신의 제품과 맞는 바이어 정보를 입수해서 온라인 상담 예약을 하기 원했는데 그런 기능은 없고 바이어만 참가자를 지정해 예약할 수 있어 쌍방향 소통에는 한계가 있었다.

코로나가 발생한 지 1년 정도 지난 후 2021년, 미국에서 개최하는 전시회는 백신 접종자에 한해 전시회에 참가할 수 있게 했다. 오랜만에 해외에 나가는 전시회를 준비하려 했는데 갑자기 나는 다른 부서로 발령이 났다.

총통과 나

이상록

글쓰기의 맛을 알아가는 중.
사 놓기만 하고 쓰지 않은 노트들을
모두 채우고 싶은 자유인이다

80년대 당시에 나를 비롯한 많은 아이들이 몰두하던 게 있었는데, 그것은 바로 '프라모델'이라 불리는 플라스틱으로 된 조립식 모형이다. 플라스틱 부품들을 떼어 탱크나 비행기, 로봇 등을 만드는 것이다. 지금도 마트의 장난감 코너나 문구점에 있긴 하지만, 구색만 맞춰 놓았을 뿐 예전의 위상은 느껴지지 않는다.

요즘 아이들의 놀이는 대체로 컴퓨터 게임이지만, 디지털시대 이전의 남자아이들은 주로 운동장에서 뛰어놀거나 딱지와 팽이 등을 가지고 놀았다. 그리고 어떤 아이들은 나처럼 방바닥에 쭈그리고 앉아 엄마 몰래 사 온 작은 탱크나 비행기, 로봇 등을 열심히 만들었다.

초등학교 2학년생인 나는 손가락보다 작은 조립식 군인 인형과 2차대전 때 활약한 탱크, 전투기 등의 전쟁 무기를 좋아했다. 주로 독일군과 미군의 군인 인형과 탱크들을 만들었는데, 역사적 배경은 잘 몰랐지만 독일군과 미군의 전쟁놀이를 하기 위함이었다. 꼬마의 세계관에서는 나쁜 편과 좋은 편, 두 가지밖에는 상상할 수 없었다.

어른들에게 물어보니 나치 독일군이 나쁜 편, 미군 등의 연합군이 좋은 편이라고 했다. 난 수년에 걸쳐 심부름 값이나 세뱃돈으로, 때로는 산타할아버지를 이용해 두 세력 간의 군비를 적절히 배분했다.

처음에는 본드로 조립만 해서 가지고 놀았는데, 형들이 그것들에 색을 입히는 법을 가르쳐주어서 무섭던 아버지가 외출한 휴일에는 눈치 안 보고 종일 그것들을 색칠했었다. 당시 엄마에게 많이 들었던 말은 나가서 좀 뛰어 놀라는 말이었다.

그러던 어느 날, 독일 측의 군사력이 너무 막강해진 걸 깨달았다. 원인은 꼬마의 삶처럼 단순했다. 단지 독일군의 복장과 탱크가 더 멋지기 때문이었다. 2차대전의 자세한 사정에 대해 몰랐던 꼬마의 단순한 미적 판단이었지만 또 래 친구들이나 형들도 이 부분에 모두 동의하는 분위기였 다.

"나쁜 놈들이긴 해도 멋지다. 어쩔 수 없이 더 많이 살 수 밖에 없어. 총통 만세!"

철부지 꼬마는 콧수염 아저씨가 어떤 사람인지도 몰랐 다. 콧수염 아저씨는 명절 때 종종 방영하는 흑백 코미디 영화에도 재미있고 친근한 모습으로 나왔고 그 모습의 포 스터가 식당이나 거리에 종종 붙어 있었는데, 그가 희극인 찰리 채플린이란 것과 그 친근한 이미지는 풍자일 뿐이란 것을 중학생이 되어서야 대충 알게 되었다.

콧수염 총통을 나쁜 놈이라고 말하며 전쟁놀이를 하면 서도, 속으로는 그의 멋스러움을 동경하던 꼬마는 어른이 되었고 전쟁의 사연들을 다 알게 되었다. 총통에 대해 배신 감이 든다거나, 밉다거나 나쁜 감정은 들지 않았다. 미적 감 각과는 별개로 그런 것에 감정을 소모하기에는 코앞의 현 실이 벅찼다. 그저 오래전 역사 속에서 많은 사람을 죽게 한 먼 나라 사람일 뿐이었다.

역사 속 학살자는 히틀러뿐만이 아니었으므로 미움이란

감정을 투영하기 시작하면 신석기시대의 인물까지 가야 해서 끝도 없을 것이다. 당연히 현재의 독일에 대해서도 아무런 감정이 들지 않는다. 내겐 그저 유럽의 선진국. 맛있는 음식이라고는 맥주와 소시지뿐이지만 자동차는 잘 만드는 나라. 젊은 시절의 엄마가 공부하고 일했던 나라일 뿐이었다.

지금으로부터 4년 전 어느 날이었다. 총통의 아름다운 폭력 도구를 조립하는 것에 흥미를 잃은 지 30년 가까이 지난 시점이었다. 전자상가의 모형매장을 지나가다 우연히 비행기 프라모델을 본 나는 심장이 두근거렸다. 독일군의 비행기도 아니고 미군 비행기였지만, 그냥 멋져 보였고 너무 갖고 싶었다. 뭔가에 홀린 듯 매장에 들어가서 8천 원을 주고 사버렸다. 이젠 부모님 몰래 사지 않아도 돼서 좋았다. 100만 원이 세상에서 제일 큰돈인 줄 알았던 꼬마일 때에 비하면 어마어마한 부자가 된 나이기에 일시불로 쉽게 사버렸다.

집으로 가는 버스 맨 뒷좌석에 앉은 나는 비행기 모형을 무릎 위에 올려두고 박스의 그림을 감상했다. 유화풍의 그림이었는데 파란 하늘을 날고 있는 비행기의 옆모습이었다.

집에 오자마자 쭈그리고 앉아 비행기를 만들었다. 다 만
드니 기분이 너무 좋았다. 얼마 후 다른 매장에 또 가서 독
일군의 탱크도 샀다. 군인도 몇 명 샀다. 다 만들었다. 책장
에 전시해 놓으니 보기 좋았다. 틈만 나면 2차대전 다큐멘
터리를 보았다. 내가 만든 비행기와 탱크가 나올 때마다 혼
자 탄성을 질렀다.

'나쁜 놈들이지만 너무 멋있어. 독일군의 복장에 비하면
미군의 복장은 누더기 같아. 내가 미군 프라모델을 몇 개
산 이유는 독일군을 더 돋보이게 하려는 목적이야!'

이렇게 중얼대며 98킬로그램의 헤비급 중년 남자는 작
은 모형들을 손바닥 위에 올려놓고 만지작댔다. 하필 이 무
렵 찾아온 노안도 나의 모형에 대한 마음을 멈추게 하지 못
했다.

나중에 알게 된 사실이지만 히틀러는 젊은 시절 미술학
도였고, 독일을 장악한 후에 그가 강조한 것은 아름다운 전
쟁물자였다고 한다.

당시 독일의 군수 개발자들은 기능성을 유지하면서도
총통의 무리한 미적 요구를 맞추느라 엄청 고생했을 것이
다. 그렇게 고생해서 만든 멋진 전쟁물자로 다른 나라들을

침략하고 무수히 많은 사람을 죽이고 자신들도 죽었다. 그런 비극에도 불구하고 수십 년 후에 세상에 나와 팔리는 것이 내가 어릴 적 심취했고, 중년이 되어서도 그 멋스러움을 인정할 수밖에 없는 독일군 프라모델이라니.

한 시대만을 살아가는 인간의 삶에서 역사란 대체 어떤 의미인지 다시 한번 생각해 보지만, 모형시장의 큰 부분을 차지하고 있는 나치의 탱크를 만들며 행복감에 젖는 전 세계 수많은 모형 동호인들과 나를 보면, 역시나 잘 모르겠다.

꽤 오랜 기간 재택근무자였던 나는 전염병이 돌고 난 후에도 삶에 큰 변화가 없었다. 오히려 가족, 친구들과 모임 자리가 줄어들어 프라모델을 만드는 시간이 늘어났다. 난 이게 은근히 좋았다. 친구들에겐 미안하지만, 잦은 친목 만남보다는 프라모델이 더 재미있었기 때문이었다.

난 아무 약속도 없는 한가한 저녁이면 장식장 앞에 서서 내가 만든 모형들을 감상한다. 몸만 커버린 소년은 다음엔 뭘 또 만들어 볼까 고민한다. 80년 전의 비극을 생각한다. 그 속에서 흙먼지를 일으키며 종횡무진 달리던 탱크를 떠올린다. 하늘을 날며 기관포를 쏘고 폭탄을 투하하는 전투기를 떠올린다. 적을 죽이기 위해, 전우를 살리기 위해 숨을 헐떡이며 뛰어가는 군인들을 떠올린다.

그러면서 이런 생각이 들었다. 과연 2차대전이 한창인 당시에 어떤 사람들은 감염되어도 멀쩡하거나 단순 감기 정도로 지나가고, 어떤 사람들은 심한 고통을 겪다가 죽을 수도 있는, 그런 이상한 전염병이 퍼졌었다면 그러한 사실이 매스컴을 통해 세상에 알려졌을까. 만약 알려졌다면 당시 사람들은 그것을 두려워했을까.

당장 총탄이 빗발치고 폭격기가 머리 위를 날고 있는 상황에서, 형제자매가 피 흘리며 매일 죽어가는 상황에서, 보이지 않는 바이러스가 그들에겐 어떤 의미였을지 궁금하다.

'나쁜 놈들이지만 너무 멋있어. 독일군의
복장에 비하면 미군의 복장은 누더기 같아.
내가 미군 프라모델을 몇 개 산 이유는 독일군을
더 돋보이게 하려는 목적이야!'
이렇게 중얼대며 98킬로그램의 헤비급 중년 남자는
작은 모형들을 손바닥 위에 올려놓고 만지작댔다.
하필 이 무렵 찾아온 노안도 나의 모형에 대한
마음을 멈추게 하지 못했다.

타인과의 간격

이상록

난 좁은 길이나 건물의 복도 같은 곳에서 마주 오는 누군가와 몸을 닿게 하고 싶지 않다. 그래서 항상 미리 먼저 피하는 편이다. 남자는 남자라서 피하고, 여자는 여자라서 피하고, 노인은 노인이라서, 아이는 아이라서 피한다. 딱히 배려심이 많아서 피해 주는 건 아니다. 단지 닿는 게 싫어서이다.

10년 넘게 관찰한 결과 나와 좁은 곳에서 마주쳐 지나가는 사람들은, 거의 90%의 확률로 아주 조금도 몸을 돌리거나 경로를 바꾸지 않았었다. 나만 느꼈던 건지 모르겠지만 대부분의 사람은 조금도 비켜주지 않았다. 차라리 운전할 때 느껴지는 사람들의 운전 매너가 더 좋을 지경이었다. 보통은 그냥 한가운데로 당당히 걸어왔다. 경로 수정의 기미조차 보이지 않을 때가 압도적으로 많았다. 내가 투명인간이라도 되었던 걸까.

심지어는 내 몸을 90도 돌린 채로 멈춰서 등을 복도 벽에 바짝 대주고 있던 상태인데도, 상대가 그대로 걸어와 가슴이나 이마가 내 팔에 부닥친 적도 몇 번 있었다. 그런데도 그냥 무신경하게 지나간 사람도 있었고, 원망을 담은 눈으로 나를 쳐다본 사람도 있었다.

자신이 전혀 피하지 않아서 나와 부딪히고 난 뒤 미안하다고 말한 사람은 지난 10년 간 한두 명 정도밖에 없었다. 언제인가 내게 미안하다고 먼저 말했던 어떤 아주머니가 있었다. 서로 괜찮냐고 간단히 말을 나눈 뒤 웃으며 인사하고 헤어졌었다. 그것이 내게는 꽤 놀라운 일이었기 때문에 아직도 기억에 남아 있다.

오래전 프랑스에 갔을 때 인상적이었던 것 중 하나가 있다. 어느 지역을 가든 높은 확률로 길을 서로 잘 비켜주었고, 심지어는 옷깃만 살짝 스쳤을 뿐인데도 '실례합니다'라고 친근한 표정으로 말하던 사람들의 모습이었다. 물론 안 그랬던 적도 있었을 것이다. 체감의 확률문제이다. 여러 인종이 뒤섞여 살기 때문에 더 조심하는 것일까?

그런데 난 언제부터인지 이런 불쾌감이 별로 느껴지지 않게 되었다. 지난 2년간 그런 현상을 거의 느끼지 못했던 것이다. 갑자기 사람들은 길에서 마주치기 10여 미터 전부터 미리 최대한 거리를 두기 시작했다. 전 국민이 갑자기 배려심이 충만해져서 그러는 게 아니라는 것쯤은 알고 있었다. 전염병에 대한 사람들의 공포심이 꽤 높았던 시기에는 누가 먼저랄 것도 없이, 서로를 피해 멀리 빙 돌아가는 것을 많이 느꼈다.

이때부터 나는 길에서 타인과 마주치는 순간, 예전에 느끼던 투명인간이 된 듯한 기분 대신 내가 뭔가 위험한 사람이 된 듯한 기분을 느꼈다. 그래도 뭐가 어찌 됐건 난 이제 길에서, 건물 안에서 부딪침에 대한 불쾌감을 덜 느끼게 되어 좋다. 길에서 비일비재했던 사람과 사람 간의 사소한 부딪침들은 생각지도 못한 계기로 변화되었다. 그 계기란 게 비록 좋은 일은 아니었지만 말이다.

사람 간에는 이런 눈에 보이는 부딪침도 있지만, 눈에 보이지 않는 속과 속의 부딪침도 있다. 관계에서 오는 여러 종류의 스트레스들 말이다. 다소 격을 따지는 사이끼리의 자잘한 문제들은 서로 조금씩 배려하여 충돌을 피하곤 하지만 때로는 오랜 관계라는 이유로, 같은 피가 흐른다는 이유로 한 치의 양보도 없이 반복적으로 부딪치기도 한다.

또는 아주 가까운 관계이기에 자잘한 잘못 따위는 상대방이 너그럽게 이해할 것이라는, 동의를 구하지 않은 안일함도 그 이유 중 하나인 것 같다. 나도 이런 것들에서 자유롭지 않았다.

몇 달 전부터 시작된, 10여 년간 떨어져 살던 나와 아버지와의 갑작스런 동거는 처음부터 부딪침의 연속이었다. 설거지하는 방식, 청소 주기와 방식, 반찬을 그릇에 담을 때의 방식, 상차림 방식 등등 위생에 관련된 많은 일상의 행동들에서 서로 차이가 있는 아버지와 나는 자주 부딪쳤다. 난 결벽증이 있다거나 특별히 깔끔한 사람이 아니다.

최근에도 아버지는 설거지통에 종일 방치되어 있던 집게를 꺼내어 그대로 김치통의 김치를 꺼내려고 하셨다. 그 집게는 온갖 음식 찌꺼기와 기름기가 범벅인 상태였다. 난 급히 집게를 빼앗으며 말했다. '더럽다' 라거나 '비위생'이라는 단어를 쓰면 뻔히 충돌이 예상되기 때문에 우회적 표

현을 쓸 수밖에 없었다,

"아버지. 이 세상에는 세균이라는 것이 존재하는데요, 알고 계시죠?"

아버지는 거의 매일 세균이란 것이 이 세상에 존재하지 않는 듯 행동했기 때문에 한 말이었다. 나는 그런 아버지가 하는 행동의 결과로 나온 것들이 내 몸에 닿거나 내 입에 들어오는 것을 거부했다. 나의 저런 말에도 아버지는 바로 심기가 불편하다는 티를 냈다.

사실 이런 자잘한 일상의 충돌들은 핑계에 불과하다. 정작 불만의 핵심은 다른 것에 있는데 그건 묻어 둔 채, 사소한 차이들을 과장하여 꺼내 들고 서로를 툭툭 건드리는 것이었다. 아버지는 아버지대로, 나는 나대로 한 치의 양보도 없었다.

그런데 최근 누가 먼저 시작했는지 모르지만 조금씩 틈을 내어 비켜주는 것을 느꼈다. 그 틈이란 게 아주 조금뿐이라서 부닥칠락말락 여전히 불안하지만 말이다. 아버지는 굳이 그러지 않아도 되는데도 식사시간만 되면 내게 보여주려는 듯이, 평생 안 끼던 열 번 이상 재사용한 일회용 위생 장갑까지 끼면서 야채를 만진다. 나는 아버지가 더러운

수세미로 문질러 닦고 제대로 헹구지 않은 오이와 고추를 그냥 먹는다.

내가 그걸 한 번 더 물로 헹구기라도 하면, 아버지는 바로 언짢은 기색을 내비치기 때문이다. 내가 몰래 야채를 더 헹구는지 아닌지 감시까지 할 정도이다. 그런 아버지의 감시 따위 그냥 무시하면 되지만, 그러면 아버지는 다른 방식으로 문제를 또 만들어내기 때문에 이대로 묻어 두는 게 제일 편하다. 난 제대로 씻겨지지 않은 오이에 소독이라도 되라고 소금을 뿌린다.

이렇게 소금 뿌려 먹으면 더 맛있지 않냐고 말하는 내게 아버지는 웃으며 맞장구를 치신다. 그러면서 나는 별로 당기지도 않는 소주를 아버지와 종종 마시는데, 아버지는 그때마다 젊은 시절의 이야기들을 들려주신다. 너무 많이 들어서 다 아는 내용이지만 아버지는 최선을 다해 내가 모를 법한 이야기들을 당신의 기억 속에서 끄집어내신다.

그렇게 발굴된 이야기들에 난 흥미롭다는 태도를 보였고 그냥 휘발되기엔 아까우니 기록을 해보시라고 말씀드렸다. 그냥 해본 말이었다. 난 아버지의 자아도취 무용담 따위에 관심이 없었다. 단지 아버지가 온종일 최대 볼륨으로

TV를 켜두는 시간을 어떻게든 줄여보려고 한 말이었다.

내 말이라면 대부분 무시하던 아버지는 요 며칠 거실에서 커다란 노트에 뭔가를 적고 계신다. 난 주방에서 물을 마시다가 그런 아버지의 모습을 멀리서 잠시 쳐다보았다. 난 아버지를 좋아하지 않는다. 아마 앞으로도 그럴 것이다.

하지만 오후 햇살이 들이치는 거실 소파에 앉아 뭔가를 쓰고 계신, 아버지가 만들어낸 그 조용한 풍경 만큼은 보기에 나쁘지 않았다.

그런데 최근 누가 먼저
시작했는지 모르지만 조금씩 틈을 내어
비켜주는 것을 느꼈다. 그 틈이란 게 아주
조금뿐이라서 부닥칠락말락 여전히 불안하지만
말이다. 아버지는 굳이 그러지 않아도 되는데도
식사시간만 되면 내게 보여주려는 듯이, 평생 안
끼던 열 번 이상 재사용한 일회용 위생 장갑까지
끼면서 야채를 만진다. 나는 아버지가 더러운
수세미로 문질러 닦고 제대로 헹구지 않은
오이와 고추를 그냥 먹는다.

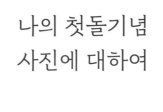

나의 첫돌기념
사진에 대하여

이시원

글쓰기를 통해 집으로 가는 길을 찾고 있다.

1988년 1월 19일, 문교부는 국어연구소가 1987년에 보고한 '표준어 규정'을 문교부 고시 제88-2호로 확정 고시하였다. 규정에 따르면 표준어의 정의는 '교양 있는 사람들이 두루 쓰는 현대 서울말'이다. 당시 현실에 맞지 않던 몇몇 단어들의 표준어가 바뀌었는데, 한 예로 '생일'의 뜻을 지닌 '돌'과 '주년'의 뜻을 지닌 '돐'은 '돌'로 통일되었다.

창문 밖에서 무언가가 떨어지고 부딪치며 굴러가는 소리가 들렸다. 마당의 스트로브 잣나무가 휘청거렸다. 어제만 해도 낮에는 햇볕이 따뜻했는데 오늘은 오후가 될수록

기온이 더 떨어졌다. 12월의 북서풍은 하루 만에 몽골을 종단하며 2천 킬로미터가 넘는 거리를 달려와 팬데믹으로 인적이 뜸한 동네를 빈틈없이 파고들었다.

샌드위치 패널로 지은 조립식 주택 안은 조용했다. 보일러 조절기의 실내 온도가 21도를 가리켰다. 식탁 의자에 걸쳐 있던 조끼를 덧입으며 안방으로 들어갔다. 비상약과 반창고, 서류 파일, 지금은 쓰지 않는 디지털카메라와 핸드폰 등이 들어 있는 허리 높이의 장이 한쪽 벽을 차지하고 있었다.

왼쪽 문을 여니 겹쳐 놓인 신발 상자 두 개가 보였다. 하나에는 편지가, 다른 하나에는 사진이 들어 있을 터였다. '어 슈박스 오브 포토그라프a shoe box of photographs'라는 팝송 가사가 떠올랐다. 신발 상자를 사진 보관함으로 쓰는 건 세계 공통인가.

나이키 로고가 새겨진 빨간 상자 안에 나와 남편, 아이들의 사진이 뒤섞여 있었다. 시어머니가 보내주신 남편의 어릴 적 사진 뭉치를 들어내자 찾고 있던 사진이 나왔다. 어린 내가 어색한 표정으로 앉아 있는, 첫돌사진이었다.

현상과 인화를 거친 필름 사진에는 아날로그 방식이 가지고 있는 대체 불가능한 무언가가 있는 것일까. 단단한 토대 위에 세워진 건축물처럼 흑백 돌 사진은 40년이 넘는 세월이 지났는데도 그대로였다. 사진 두 장을 겹쳐 놓은 것 같은 두께의 사진을 들자 광택이 나는 표면 속에 1978년의 하루가 박제되어 있었다.

아이는 전형적인 사진관 의자에 앉아 있다. 의자는 나무 프레임에 가죽을 덧댄 뒤 테두리를 둥근 쇠로 펀칭하여 마감한 모양새다. 반질반질한 나무가 드러나는 곡선의 등받이 끝부분에는 하나의 줄기에 이어 달린 나뭇잎들이 음각으로 새겨져 있다.

독사진임에도 2인용 의자를 써서, 아이는 의자 중앙이 아닌 팔걸이와 등받이가 만나는 모서리에 앉아 있다. 손에는 쉬지 않고 움직였을 아이의 팔을 잠시나마 멈춰보려고 쥐여준 것이 분명한 원통형의 빈 플라스틱 필름 통이 들려 있다.

귀를 겨우 덮는 머리카락은 일 년 동안 자르지 않은 듯 들쭉날쭉하다. 여름에 태어난 아이는 어깨 부분에 똑딱단추가 달린 실용적인 반팔 윗도리를 입고 있다. 몇 번 삶았음 직한 옷이다. 짧은 바지를 입고 두 다리를 의자에 올린

채 발바닥을 마주 대고 앉아서 기저귀가 슬쩍 보인다.

하얀 벽을 배경으로 찍은 사진 하단에는 '첫돌기념'이라는 흰 글자가 세필로 적혀 있다.

내 돌 사진에 대한 감상은 커가면서 변했다. 한때는 얼굴에만 관심이 있었다. 아기였을 때 나는 참 못생겼구나, 그나마 지금은 콧대가 생겨서 다행이다 했다. 좀 더 자라서 한복을 곱게 차려입고 돌 반지를 손에 낀 채, 제대로 된 일인용 의자에 앉아 찍은 언니의 돌 사진과 내 것을 비교할 수 있는 깜냥이 생겼을 때는 나만 이게 뭐냐고 투덜거렸다. 원래 둘째는 그런 거라는 엄마의 말에 그런가 했다. 그래도 반지 하나 없었어, 라고 묻는 말에 엄마는 그때 고모가 네 돌 반지를 해줬는데 깜빡 잊고 안 가져가서 못 끼고 찍었어, 하고 대답했다. 나는 엄마도 참, 하며 웃었다.

그런데 이제 두 아이의 엄마가 되어 이 사진을 보고 있자니 다른 것들이 보였다. 아이의 첫 번째 생일을 축하하기 위해 응당 있어야 할 것들의 부재가 보였다.

사진 속에는 금반지뿐만 아니라 고운 색깔의 한복과 어린 여자아이의 듬성한 머리카락을 가려줄 조바위가 없었다.

오늘 하루, 주인공일 아이를 대하는 사진사의 최소한의 직업 의식이 보이지 않았다. 같은 동네, 같은 사진관인데 4년 전 언니가 앉았던 일인용 의자는 어디에 있었을까. 그것을 꺼내는 것이 그렇게 힘든 일일 거라는 생각은 들지 않았다.

집에서 입던 옷을 입고 부스스한 머리로 엄마에게 안겨 언니와 함께 사진을 찍으러 온 어린 여자아이. 사진사는 자매의 사진을 찍은 뒤 언니만 일어난 의자를 그대로 둔 채, 남은 아이를 방향만 바꿔 앉히고 독사진을 찍었을 것이다.

빨리 찍기 위해 손에 쥐여준 필름 통이 이런 기념사진에 들어가기에는 얼마나 변변찮은 소품인지 전혀 개의치 않았을 것이다. 아이의 웃는 얼굴을 찍기 위해 얼러 보려고 하지도 않았을 것이다.

비슷하게, 혹은 더 존중받지 못하며 자랐을 엄마는 그런 사진사에게 아무런 요구도 하지 않은 채 착한 동네 며느리의 얼굴로 한구석에서 서 있었을 것이다. 잊고 온 반지를 가져올 동안 기다려 달라는 부탁을 할 생각도 하지 못하고 아마 환하게 웃고 있었을 것이다.

'돑'이란 말이 사라지고, 그런 말이 있었다는 기억도 사라질 만큼의 시간이 흘렀지만 사진 속 고요한 세상은 태풍의 눈이 되어 내 마음속에 바람을 일으켰다. 무언가가 떨어지고 굴러가며 여기저기에 부딪치는 소리가 들렸다. 옷 속의 머리칼처럼 찾을 수 없게 불편한 무언가가 마음을 찔렀다. 카메라 렌즈를 향한 아이의 눈 속에 부재의 허기를 불안으로 채운 내가, 엄마처럼 웃고 있는 내가 있었다.

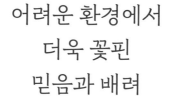

어려운 환경에서
더욱 꽃핀
믿음과 배려

이재영

다양한 꿈을 꾸며, 생각하는 모든 꿈을
이루고 싶은 몽상가

2022년 초. 대수롭게 생각하지 않았던 코로나 바이러스는 순식간에 확산되었고 2년이 지난 지금까지도 끊임없이 변종에 변종이 나오며 좀처럼 잡히지 않고 있다. 팬데믹은 국가적 차원에서도 많은 피해를 입었다. 개개인도 각자의 위치에서 다른 방법으로 피해를 보았을 것이다. 학생들은 학교에 가지 못하게 되고, 소상공인들은 매출에 많은 피해를 봤다.

그런데 나는 어쩌면 코로나로 인해 득을 봤다. 처음 코로나가 한국에 들어왔을 때 나는 군대에 있었다. 코로나로 인해 군대에서는 훈련 감소 및 취소를 했다. 덕분에 힘든 훈

련을 하지 않을 수 있었다.

그뿐만이 아니다. 보통 군대에선 '말출'이라고 하며 휴가를 모아서 전역하기 전 휴가를 길게 갔다가 군대에 복귀하고 다음 날에 전역을 한다. 그러나 휴가 중에 코로나 확진이 될 경우 부대에 있는 사람들을 감염시킬 수 있는 우려가 있다고 판단하여 '조기전역'이 생겨났다. 그래서 나는 원래 날짜보다 더 일찍 군대에서 나올 수 있었다.

군대에서 사회로 나온 뒤 얼마 지나지 않아 거리두기가 생겼다. 팬데믹 사태에 정부가 내놓은 처음 겪는 방침이었다. 익숙하지 않았다. 반짝거리던 홍대, 강남, 이태원의 밤이 이렇게 캄캄할 수 없었다. 밤만 되면 세상이 멈춘 듯 길거리에 아무도 돌아다니지 않았다. 그때가 되자 정말 내 삶에도 코로나가 들어와 있구나를 다시 한번 실감했다.

어느 순간부터는 입버릇처럼 '코로나가 잠잠해지면 보자'를 서로 입에 달고 살았다. 만나고 싶은 친구들과 친척들을 보지 못했다. 그리고 처음엔 지인들의 지인들이 코로나에 걸리기 시작했고 그 이후엔 지인들이 걸리기 시작했다. '이러다가 내가 결국 코로나에 걸리는 게 아닐까?' 점점 코로나가 두려워졌다.

마스크를 쓰고 다니는 것이 익숙해지고 너무 당연하게 될 때쯤 방송국에 계약직으로 들어갔다. 어느 회사와 크게 다를 것 없이 9시 출근 6시 퇴근이 기본이었다. 촬영 특성상 9시에 출근해도 촬영이 오후가 되면 대기하는 시간이 많았다. 일찍 촬영이 끝나더라도 6시까지 대기해야만 했다.

그러나 얼마 지나지 않아 방송국에서도 거리두기 방침이 생겨났다. 촬영이 시작될 때쯤 출근하고, 끝나면 바로 퇴근이었다. 덕분에 늦게 출근해서 일찍 퇴근하는 일이 빈번히 일어났다. 그동안 여러 일을 해보았지만 이렇게 회사를 편하게 다닌 것은 처음이었다.

또 방송국에서 연예인들을 자주 마주치다 보니 백신접종은 거의 필수였다. 백신접종을 받을 때마다 이틀간의 휴가가 주어졌다. 1차부터 3차까지 모두 이틀씩 유급 휴가를 받다 보니 총 6일의 휴가도 생겨났다.

그리고 1년 계약이 끝나갈 즈음엔 결국 나도 코로나에 걸려 5일 동안 자가격리를 해야 했다. 며칠 아프기도 했지만, 결국 회사를 5일 동안 가지 않았다.

코로나는 회사 사람들끼리의 유대감과 신뢰감도 형성시켰다. 코로나는 방역을 열심히 하는 방송국에서도 피할 수 없었고 내가 있던 부서도 예외는 아니었다. 처음 코로나에 걸린 사람은 미안하다는 말과 함께 자가격리를 시작했다.

그런데 그 사람의 자가격리가 풀리기도 전에 백신 접종 휴가와 또 다른 코로나 감염자가 계속 나왔다. 28명이 있는 부서에서 6, 7명이 매일 빠지게 것이다. 그러자 그만큼 빈자리를 메우려 더 열심히 일할 수밖에 없는 상황이 됐다.

처음엔 불만도 속출했다. 그러나 불만으로 해결될 수 있는 것은 없었다. 사람을 더 뽑을 수도 없는 일이고, 그렇다고 일을 줄일 수 있는 것도 아니었기 때문이다. 모두가 힘든 상황에서 서로를 믿기로 했다. 다들 1.5배 많게는 2배만큼 일했다. 그러면서도 금세 호흡을 맞춤으로써 빈자리를 채울 수 있었다. 그리고 돌아온 사람들은 빈자리를 알기에 더 열심히 일했다. 비록 몸은 힘들었지만 더욱 더 서로를 의지할 수 있는 환경이 만들어진 것이다.

그런데 문득 그동안 나는 코로나로 인해 정작 중요한 사실을 놓치고 있다는 생각이 든다. 더 빨리 전역하고, 더 빨리 퇴근하는 동안 그냥 몸과 마음이 편하다고만 생각했지, 남는 시간을 소중하게 생각하지 못했다는 것이다. 코로나라는 핑계로 밖에 나가길 꺼리며 무언가 배우려 하지도 않았다. 시간을 소중히 생각하며 후회한 만큼 더 시간을 효율적이게 쓰지 못한 만큼 앞으로 어떻게 시간을 보내야 할지 곰곰이 생각하며 발전하도록 노력해야겠다.

모두가 힘든 상황에서 서로를 믿기로 했다.
다들 1.5배 많게는 2배만큼 일했다. 그러면서도
금세 호흡을 맞춤으로써 빈자리를 채울 수 있었다.
그리고 돌아온 사람들은 빈자리를 알기에
더 열심히 일했다. 비록 몸은 힘들었지만 더욱 더
서로를 의지할 수 있는 환경이
만들어진 것이다.

우리 집 부엌

장소희

시골이 좋은, 시골에 사는 스물아홉이다.

할머니가 확진된 지 사흘 만에 엄마가 확진됐다. 자가키트에 두 줄이 선명하게 그어지자 엄마는 짐을 챙겨 평소 비워뒀던 방 안으로 들어갔다.

할머니에 이어 엄마까지 격리되자 부엌이 조용해졌다. 점심시간이면 내가 먹을 국을 데우던 할머니도, 저녁 시간이면 부엌에서 분주히 움직이던 엄마도 모두 사라졌다.

나는 두 사람 대신 가족의 끼니를 책임져야 했다. 하지만 나는 나이 서른에 반찬을 만들지도, 국이나 찌개를 끓일 줄도 몰랐다.

두 사람이 모두 격리되던 날, 난 점심시간에 집으로 갔다. 그리고 두 사람의 밥상을 차렸다. 냉장고에서 표고버섯 볶음과 콩나물, 무생채를 꺼내 달래장과 함께 넣고 밥을 비볐다.

"할머니, 문 앞에 밥 놔뒀어. 엄마도."

나는 밥상을 문 앞에 두고 부엌으로 돌아왔다. 부엌에서는 할머니와 엄마가 격리하고 있는 두 방이 정면으로 보였다.

할머니의 방문이 열렸다. 문틈 사이로 빼꼼 나온 할머니의 손이 보였다. 할머니는 비닐장갑을 낀 채 두 손으로 밥상을 집어 들었다.

곧이어 엄마의 방문도 열렸다. 빼꼼 나온 할머니의 손을 보며 웃고 있던 난 엄마와 눈이 마주쳤다. 방과 부엌의 거리가 있음에도 엄마는 문을 다시 닫고 말했다.

"저리 가라니까. 병균 옮아."

우리는 한 지붕 아래 있지만 마주 보고 밥을 먹을 수 없었다. 나는 두 사람이 밥상을 받는 것을 보고 나서야 혼자 밥을 차려 먹었다.

설거지도 따로 했다. 나는 내가 먹을 식기들을 먼저 설거지를 한 후 두 사람이 먹은 식기를 닦고 삶았다. 그렇게 할머니와 엄마 밥상을 치우다 보니 점심시간 한 시간이 금방 갔다.

퇴근 후 마트에 들러 장을 봤다. 달걀 한 판, 떡갈비, 꼬들 단무지……. 장바구니는 요리가 간편한 재료들로 채워졌 다.

반찬을 하던 두 사람이 꼼짝없이 방에 갇히자 밑반찬이 항상 같았다. 엄마와 할머니가 만들어놓은 무생채와 마늘 쫑 장아찌, 냉이무침.

집에 도착해 밥을 안치고 떡갈비를 굽는데 아빠가 퇴근 했다. 아빠는 할머니와 엄마 밥상부터 봤다. 쟁반 두 개를 펼치고 밥을 각각 퍼서 담았다. 나는 접시에 떡갈비와 반찬 들을 옮겨 담았다.

아빠와 나는 밥상을 들고 일렬로 섰다. 부엌에서부터 할 머니와 엄마가 있는 방까지 걷는데 아빠가 실실 웃었다. 그 런 아빠를 보고 나도 웃었다.

"어머니, 밥 드세요."

"엄마, 여기 밥."

할머니와 엄마는 약속이라도 한 것처럼 대답했다.

"고마워."

"미안해."

나는 밥을 푸고 아빠는 밑반찬들과 떡갈비를 식탁 위에 올렸다. 아빠와 마주 보고 앉아 밥을 먹었다. 밥 한 숟갈에 떡갈비를 베어 무니 달콤했다. 거기에 마늘종 장아찌를 집어 먹으니 새콤달콤했다. 나는 아빠에게 말했다.

"그래도 맛있다."

아빠가 끄덕였다. 방에서 밥을 먹고 있던 엄마도 우리 얘기를 들었는지 말했다.

"떡갈비 맛있네!"

할머니의 방에서도 숟가락이 그릇에 부딪히는 소리가 계속 나는 걸 보니 잘 드시고 계시는 것 같았다. 그렇게 우리는 따로 또 같이 밥을 먹었다.

평소 나는 밥을 다 먹으면 설거지하는 엄마 옆에 앉아 커피를 내리곤 했다. 그러나 이제는 밥을 먹으면 고무장갑을 찾아 꼈다.

나는 마스크를 쓴 뒤 할머니와 엄마가 각각 문 앞에 내놓은 쟁반을 가지고 와 설거지를 했다. 아빠는 옆에서 식탁을 치웠다. 설거지하는 소리가 들리자 엄마가 또 큰 소리로 미안하다고 말했다. 나는 엄마에게 대답했다.

"내가 언제 이렇게 밥상을 차려줘 보겠어."

나는 엄마의 몫에 대해 생각했다. 새벽에 일어나 아무도 없는 부엌에 불을 켜고 밥상을 차리는 일. 그동안 나는 왜 엄마에게 고맙다는 말 한마디를 하지 못했을까.

일주일이 흘렀다. 할머니에 이어 엄마가 격리해제되는 날, 축하라도 하는 듯 집 앞 목련나무에 꽃이 활짝 폈다. 퇴근 무렵 엄마에게 문자가 왔다.

"오늘은 아빠가 저녁밥 했어. 얼른 와."

집에 도착하니 아빠가 콩나물밥을 해놓고 기다리고 있었다. 아빠는 나를 보자 호기롭게 말했다.

"양념장까지 내가 다 했다!"

큰 그릇에 콩나물밥을 푸고 매콤한 양념장을 올려 비벼 먹으니 맛이 좋았다. 나는 밥을 차려주어 고맙다는 말 대신 아빠를 향해 고개를 끄덕였다. 나는 아빠가 지어준 밥을 먹으며 밥상을 차리는 일이 더이상 엄마의 몫이 아니길 바랐다.

밥을 다 먹은 뒤 나는 설거지를 하겠다고 말했다. 엄마가 웬일이냐는 표정으로 나를 쳐다봤다. 평소 밥을 다 먹으면

쓱 나가버리던 아빠도 한쪽에서 식탁을 치우기 시작했다.

설거지하다 창밖을 봤다. 수선화가 활짝 피어 있었다.

내 차례

장소희

엄마가 자가 격리에서 해제됐다. 이제는 엄마 대신 때에 맞춰 밥상을 차리는 일도 없어졌다. 그래서 주말엔 밥걱정 없이 친구를 만날 수 있었다.

토요일 오후엔 친구와 만두를 먹으러 갔다. 맛있다고 소문 난 집이라 사람들이 많았지만 테이블 간의 거리가 넓고 창문도 열려 있어 걱정이 덜했다. 친구와 나는 창문과 가까운 테이블에 자리를 잡은 뒤 마스크를 벗고 마음껏 만두를 먹었다. 그런데 다음 날 친구에게 문자가 왔다.

'나 목이 조금 칼칼한 것 같아. 코로나인가?'

나는 답장했다.

'우리같이 시골에서 흙 퍼먹고 자란 애들은 면역력이 강해서 그런 거 안 걸려. 걱정하지 말고 푹 자.'

월요일 오전 10시, 일하고 있는데 전화가 왔다. 그 친구였다. 얼마나 급하길래 아침부터 전화일까. 불안했다. 나는 전화를 받자마자 물었다.

"왜. 양성이래?"

친구가 떨리는 목소리로 대답했다.

"어떡해. 너도 빨리 신속항원검사 받아봐."

일하다 갑자기 자리를 비울 수 없는 상황이라 급한 대로 점심시간에 자가키트를 사서 했다. 코에 면봉을 집어넣고 살살 돌리니 재채기가 나면서 눈물과 콧물이 뒤섞여 나왔다.

나는 엄마와 한솥밥을 먹으면서도 코로나에 걸리지 않았었다. 그래서 이번에도 잘 피해 갈 거로 생각했다. 다행히 자가키트 결과도 음성이었다.

그러나 퇴근 시간인 오후 5시 무렵 목이 칼칼해지기 시작했다. 문득 친구와 나눠 먹은 우동 국물이 생각났다. 전날 친구와 나눈 문자를 다시 봤다. 면역력이 세서 괜찮을 거라는 대화 내용이 보였다.

'이놈의 입방정······.'

나는 입술을 깨물었다.

퇴근 후 동네에 있는 의원을 찾아 신속항원검사를 받았다. 의사는 검사를 마치자 진료실 뒷문으로 나가 건물 밖에서 기다리라고 했다. 나는 의사 책상을 지나쳐 뒷문을 열고 나갔다. 실외기들이 시끄럽게 돌아가고 있었다. 바닥에는 버려진 담배꽁초들이 널브러져 있었다.

'이런 곳에서 검사 결과를 기다리게 하다니.'

나는 너무하다고 생각했다. 그러다 옆에 서 있던 남학생과 눈이 마주쳤다. 나는 시선을 돌렸다.

잠시 후 진료실 뒷문이 열렸다. 한 아저씨가 나처럼 어리둥절한 표정으로 나왔다. 아저씨는 나와 남학생을 보더니 옆에 나란히 섰다. 그렇게 셋이서 15분가량 웅웅대는 실외기 소리를 들으며 검사 결과를 기다렸다.

15분이 지나자 의사가 뒷문을 열더니 내게 말했다.

"장소희 씨. 들어오지 말고 밖에 계세요. 양성이니까요."

남학생과 아저씨가 나를 쳐다봤다. 부끄러웠다. 숨이 턱 막혔다. 지난 2년 간 공들였던 노력이 스쳐 지나갔다. 나는 간호사가 건네주는 양성 확인서와 처방전을 들고 후다닥 약국으로 갔다. 약국 구석에서 약 제조를 기다리고 있는데 좀 전에 내 옆에 서 있던 아저씨가 약국으로 들어왔다. 아저씨의 손에도 나와 같은 종이가 들려 있었다. 양성 확인서와 처방전이었다. 나는 손에 들고 있던 양성 확인서를 가방에 욱여넣고 약을 받아 약국을 나왔다.

집에 가는 길 엄마에게 문자를 보냈다.

'엄마 나 양성이래. 이젠 내 차례인가 봐.'

집에 도착하자마자 세면도구와 옷을 챙겨 얼마 전 엄마가 격리했던 방으로 들어갔다. 원래 창고로 쓰던 방은 상자들과 안 쓰는 냄비들이 쌓여 있어 어수선했다. 나는 방 한쪽에 밥상으로 쓸 간이 테이블을 펼치고 다른 한쪽에는 이부자리를 깔았다.

잠시 후 퇴근한 엄마가 돌아와 밥을 지었다. 그리고 내가 했던 것처럼 방문 앞에 저녁밥을 두었다.

"밥 먹고, 약 먹어."

문을 열어 식판을 보니 내가 좋아하는 미니 돈가스가 있었다. 그 옆에는 후식으로 먹을 딸기도 있었다. 나는 간이 테이블에 식판을 올려놓고 밥을 먹었다. 벽을 보고 밥을 먹는 게 쓸쓸했다.

밥을 다 먹고 약을 먹었다. 잠이 쏟아져 잠깐 누워 있는다는 게 그대로 잠이 들어 버렸다.

다음 날 엄마가 문을 두드렸다. 시계를 보니 아침 7시였다. 나는 비몽사몽 한쪽 눈만 뜬 채 문을 열었다. 엄마는 약을 먹으려면 밥을 먹어야 한다며 식판을 들이밀었다. 나는 잠결에 밥상을 받아들었다. 밤새 목이 더 부었는지 침을 삼킬 때마다 목이 따가웠다. 밥이 넘어갈 리 없었다.

문득 얼마 전이 생각났다. 엄마도 격리 중 목이 아파 먹기 힘든지 밥을 남기곤 했었다. 나는 그때 속상했던 것이 생각나 밥을 국에 말아 꾸역꾸역 넘겼다.

약을 먹고 정신없이 자다 엄마의 밥상을 받으며 일어나기를 4일째. 어느새 나도 엄마처럼 밥상을 받으면 미안하다는 말이 나왔다.

목이 가장 아프던 5일째엔 엄마의 밥상을 받고 피식 웃음이 났다. 엄마는 식판에 후식으로 먹을 짜요짜요를 올렸다. 짜요짜요는 내가 어렸을 때 좋아했던 짜 먹는 요구르트다. 귀여운 캐릭터가 그려져 있고 성인이 먹기엔 적은 양이다. 나는 식판 위에 올라온 짜요짜요를 들고 쪽쪽 빨아 먹었다. 옛날 생각이 났다.

나는 어릴 적 엄마와 장을 보러 가면 짜요짜요를 사달라고 조르곤 했다. 그러나 엄마는 형편이 좋지 않아 짜요짜요를 마음껏 사주지 못했다. 엄마는 그게 아직도 마음에 걸리는 걸까. 엄마는 아픈 나를 애 보듯 했다.

엄마 덕에 몸은 빨리 호전됐다. 격리 해제 후 오랜만에 엄마, 아빠, 할머니까지 네 식구가 모여 순댓국집에 갔다. 아빠는 차가운 소주를 한 잔 들이켜고 뜨거운 순댓국을 한 숟갈 떠먹으며 말했다.

"가족이 최고지?"

일주일 내내 벽이나 휴대폰을 보고 밥을 먹다가 가족들을 보며 밥을 먹으니 밥맛이 좋았다. 이제 우리 네 가족 중 코로나를 면한 사람은 아빠뿐이다. 나는 앞으로 이런 식의 바톤터치는 그만했으면 좋겠다는 생각을 했다. 나는 고개를 끄덕이며 아빠의 빈 잔에 소주를 따랐다.

작별 의식

주미희

호기심을 채우기 위해
어디든 노크해 보는 사람이다.

2022년 1월 3일 새벽, 아빠가 저혈당 쇼크로 쓰러졌다. 119 구급대원들은 동네 병원이 아닌 안산의 대학병원 응급실로 이송했다. 친정 동네병원 응급실은 코로나 증세 환자들로 자리가 없다고 했다.

저녁 늦게 아빠는 중환자실로 옮겨졌다. 병원으로 바로 가겠다는 내게 엄마는 오지 말라고 했다. 코로나로 면회가 금지 되었다고 했다.

아빠가 병원에 계셨던 두 달 동안 나는 총 세 번의 면회를 했었다. 첫 면회는 중환자실에서, 두 번째와 세 번째 면회는 일반 병동으로 옮겨진 뒤 위독하다는 호출을 받았을 때였다.

  첫 면회는 1월 18일에 나 혼자였다. 다른 식구들이 면회 하던 날 나는 미처 3차 접종을 하지 못했기 때문이었다. 접종을 마친 다음 날, 나는 바로 아빠 병원을 찾았다.

  병원 입구에서 키오스크에 이름과 주민등록번호와 연락처를 기입한 후 입장표를 받았다. 입장표를 받아들고 줄을 서서 체온을 재고 손 소독제로 소독을 한 뒤에야 비로소 병원 안으로 들어갔다. 코로나 발병 이후 안전을 위해 통제가 강화된 것이었다. 게다가 병원 진료를 보는 사람들과 다르게 환자 면회에는 조건이 따랐다.

  우선, 가족 중에서도 면회는 오로지 직계 가족(배우자와 자녀들)만 가능했고 두 번째, 면회 날짜와 시간을 미리 예약해야 했으며 세 번째, 코로나 3차 접종 완료자만 면회가 가능했다.

  약속 시각에 맞춰 중환자실 앞 초인종을 눌렀다. 유리문이 열리자 간호사는 이름을 확인 후 체온을 재고 간이 방호복을 내밀었다. 일회용 장갑을 끼고 안면보호 마스크 착용을 했지만 아빠를 바로 만날 수 있는 것은 아니었다. 또 하나의 유리문이 가로막혀 있었다.

유리문 너머 중환자실은 넓고 무척 환했다. 하얀색 벽과 하늘색 방호복만 보였다. 이곳은 또 다른 세계가 아닐까 하는 생각이 들었다. 이렇게 환하고 밝은데 삶과 죽음이 오가는 곳이란 것이 믿기지 않았다. 하지만 곧 삑삑 울리는 기계 소리, 간호사와 의사 들의 분주한 움직임, 침대에 가만히 누운 채 비쩍 야윈 환자들을 보니 생과 사가 오가는 중환자실이 맞았다.

아빠는 입구에서 한참 떨어진 곳에 누워 있었다. 아빠는 깊은 잠에 빠진 것 같았다. 의사 선생님은 의식이 돌아올 가능성이 아주 낮다고 했다. 평생을 부지런하고 성실하게 살았던 아빠에게 이런 결말이라니.

"아빠! 아빠! 저 미희예요."

아빠는 아무런 반응도 없었다. 그저 울면서 아빠만 부르다 10분 남짓한 면회시간은 끝나고 말았다.

며칠 후 아빠는 일반 병동으로 옮겨졌다. 일반 병동으로 옮겨졌으니 아빠를 자주 볼 수 있겠다고 생각했다. 그러나 오히려 병동의 많은 환자들 때문에 불가했다. 병실 면회도 중환자실과 마찬가지로 미리 예약을 해야 했고 절차도 같았다.

2월 18일 밤 11시, 아빠가 위독하다는 병원의 연락을 받았다.

엘리베이터에서 내리자 바로 보이는 병동 입구는 유리문으로 막혀 있었다. 원래는 없었을 유리문. 문기둥의 초인종을 누르자 유리문 건너편에서 일하던 간호사가 출입 카드를 찍어 문을 열어주었다. 보호자 확인 후 중환자실 면회 때처럼 체온을 재고 방호복과 보호 도구들을 챙겨 입었다.

그런데 안내된 곳은 병실이 아닌 간호사들이 손을 씻고 약품들을 꺼내고 버리는 곳이었다. 간호사들이 바로 옆에서 아빠를 보살피는 것은 감사했지만 너무 좁고 구석지고 시끄러웠다. 3인실에 있었던 아빠를 면회를 위해 이곳으로 옮겼다고 했다.

코로나로 보호자의 병실 방문은 금지되어 뉴스에서 요양 병원 면회를 하는 장면처럼 면회할 수밖에 없었다. 유리문을 사이에 둔 채 손 한번 잡아보지도 못한 채 말이다.

의식이 있는 환자들은 대화라도 하겠지만 아빠처럼 의식이 없는 환자들은 침대째 이동되었다. 오히려 위독한 이 상황이 아빠를 직접 만날 수 있는, 오히려 감사한 일이 되고 말았다.

얇은 커튼 뒤로 아빠가 있었다. 커튼이 삶과 죽음의 경계처럼 보였다. 커튼을 걷고 아빠를 만났다. 아빠의 손과 머리를 쓰다듬고 다리를 주무르면서 아빠의 모습을 떠올렸다.

아빠는 사소한 것에도 고집을 부렸다. 화가 날 때마다 소리를 지르고 욕을 해댔었다. 아빠와의 대화는 늘 답답했었다. 여기가 아프네, 저기가 아프네,라는 말이 끊이지 않았고 음식 투정도 심했다. 하필이면 왜 그런 기억이 떠오르는 것일까.

한 번 더 위독하다는 연락을 받은 것은 2월 21일이었다. 아빠는 전보다 훨씬 야위어 있었다. 손과 발이 전보다 더 차가웠고 맥박도 약해져 있었다. 그리고 아빠는 2022년 3월 4일 오후 8시 23분에 돌아가셨다. 가족들과 저녁 식사를 막 시작할 때였는데 엄마로부터 '아빠가 돌아가셨다'라는 연락을 받았다.

이미 시댁에서 두 번의 장례를 치렀던 남편과 나는 간소하고 간략한 장례식을 위해 모든 것을 최소화했다. 병원 내 장례식장에 빈소를 차렸다. 장례지도사는 5일장을 치러야 한다고 했다. 코로나로 늘어난 사망자로 인해 화장장 예약이 밀렸다고 했다. 심한 경우엔 7일장을 치르기도 한다는데 다행히 화장장 예약이 되었다는, 장례지도사의 위로 아닌 위로를 들었다.

2년 전 동생의 결혼식에서 만났었던 사촌들과 집안 어른들이 찾아왔다. 지방에 사는 친구들도 왔다. 맞절하고, 어깨를 두들겨주고, 안아주었다. 울다 웃었다 했다. 코로나에 걸려 찾아오기 어렵다는 연락도 받았다. 상을 당한 우리가 오히려 미안하다고, 걱정하지 말고 어서 나으라며 그들을 위로하기도 했다.

입관식에서야 남편과 친척들은 아빠를 만날 수 있었다. 살아 있는 모습이 아닌 돌아가신 모습으로 말이다. 바짝 야위었지만 아빠의 얼굴은 너무나 편안해 보였다. 그런 표정의 아빠는 처음이었다. 하지만 임종을 지킬 수 없었던 상황이 떠오른 나는 죄스러웠다. 결국 나는 통곡을 하고 말았다.

장례 기간 내내 바람이 많이 불어 추웠다. 그런데 아빠를 납골당에 모시던 날에는 바람이 잦아들었고 햇볕도 따뜻했다. 아빠의 납골함이 놓인 자리에도 햇살이 비쳤다. 아빠가 봄 소풍을 떠나셨네. 나도 모르게 혼잣말을 했다.

아빠의 납골함을 바라보다 문득, 쉬는 날 없이 일했던 아빠, 여행을 함께 떠났던 아빠, 고등학생 시절 내내 등하교를 시켜준 아빠, 결혼식 때 남편을 꼭 안아줬던 아빠, 술에 취하면 노래를 잘 불렀던 아빠가 떠올랐다.

"아빠, 또 올게요. 쉬고 계셔요."

아빠를 뒤로하고 따뜻한 햇살이 비치는 납골당 바깥으로 나는 뚜벅뚜벅 걸어 나갔다.

코로나로 보호자의 병실
방문은 금지되어 뉴스에서 요양 병원
면회를 하는 장면처럼 면회할 수밖에 없었다.
유리문을 사이에 둔 채 손 한 번
잡아보지도 못한 채 말이다.
의식이 있는 환자들은 대화라도 하겠지만
아빠처럼 의식이 없는 환자들은 침대째
이동되었다. 오히려 위독한 이 상황이 아빠를
직접 만날 수 있는, 오히려 감사한 일이
되고 말았다.

뷰 포인트

주미희

우리 집 거실 정면 너머의 풍경은 앞 동 아파트, 즉 앞 동 뷰다. 생각해보면 지금까지 내가 살았던 집 앞 풍경은 항상 앞 동이었던 것 같다. 누워야 하늘이 보였다. 그리고 높은 층에 살게 되었어도 잘 해야 앞 동 반, 하늘 반이 걸쳐 보였다.

현재 사는 집은 15층 중 9층인데 역시나 앞 동만 보인다. 코로나로 집안에 머무는 시간이 늘어나자 답답해지기 시작했다. 집밖을 바꿀 수 없으니 집안의 풍경을 바꿔보려 애를 썼다.

매일 청소기를 돌리고 물걸레질을 했다. 창틀을 닦고 창문도 닦았다. 중고 앱에서 식탁 조명과 커튼을 구해 달았다. 평소 다니지 않았던 화원에 가서 고무나무, 아레카야자, 스킨답서스 등의 공기청정식물을 들여 거실 한쪽에 두었다. 때때로 동네꽃집에서 꽃다발을 사서 각 방에다 놓아보기도 했다. 하지만 나가는 것을 좋아하는 나의 시선은 자꾸 창밖으로 향했다.

그러다 SNS에서 발견한 사람들의 집 바깥 풍경은 우리 집과는 너무나 달랐었다. 그 집들의 창문 너머의 풍경들은 사계절의 변화가 액자에 담긴 듯했다. 시야가 뻥 뚫려 시원하고 아름다운 창문 너머의 풍경들을 보고 난 뒤 그런 아파트가 도대체 어디인지 궁금해 검색을 해보기도 했다.

그 집들은 역시 비싸고 좋은 지역 아파트였다. 내가 살 수 있는 곳들이 아니었다. 그리고 우리의 생활 반경과도 멀었다. 그리고 깨달았다. 저기서 산다고 해서 풍경을 보는 것으로 만족하지 않을 텐데. 욕심은 더 큰 욕심으로 번져갈 텐데. 내가 왜 부러워하고 있는 것인지, 쓸모없는 괜한 욕심을 품고 있구나.

그저 각각의 필요의 삶이 있는 것을, 내가 굳이 SNS 속 그들과 나를 비교하고 부러워할 필요가 없었다. 나는 그들의 시선이 담긴 SNS의 사진들을 작품 감상하듯 즐겼다.

나의 시선은 친구들에게도 향해 있었다. 넓은 정원이 딸린 주택에 사는 친구와, 주말이 되면 캠핑을 떠나는 친구였다. 계절이 바뀌면서 하루하루 달라지는 아름답고 다채로워지는 정원의 꽃과 나무의 기록들을 보면서, 훌쩍 떠난 그곳에서 캠핑하며 쉬고 있는 사진을 받아보면서 부러움이 솟아났다.

하지만 그 부러움은 또 얼마 가지 않았다. 그들이 그런 정원과 캠핑을 얻을 수 있었던 노력을 알기 때문이었다. 아름다운 정원을 가진 친구는 내내 꽃과 나무를 심고 잡초를 뽑는 수고로움과 정성을 쏟아내고 있었고, 캠핑을 다니는 친구는 평일은 일과 육아에 모든 것을 바치는 워킹맘인 것이다.

사실, 우리 집은 사방이 막혀 있는 곳은 아니었다. 우리 집 거실 창은 양쪽에 문을 두고 있는 중앙 통유리이고, 방충망이 없어 시야가 깨끗했다. 거실 창 왼쪽으로 고개를 돌리면, 길 건너 학교가 있는데 그 뒤로는 산이 보인다. 그리고 거실 창 오른쪽으로 고개를 돌리면 사람들이 오가는 길 옆으로 키 큰 소나무 세 그루가 보인다. 그 건너 아파트와 아파트 사이로 또 좁게나마 다른 산이 보인다. 비록 정면은 아니지만 오른쪽과 왼쪽의 뷰는 SNS 속 집만큼 좋았다. 바로 뷰 포인트인 것이었다.

캠핑하러 다니는 친구 의자를 보고 따라 샀다가 창고에 넣어두었던 캠핑 의자를 꺼냈다. 거실 바로 옆으로 연결된 안방 베란다에 의자를 내려놓고, 산과 하늘이 보이는 쪽으로 방향을 틀었다.

담요를 꺼내 의자에 걸쳤다. 기왕지사 이렇게 된 거 캠핑 테이블도 펼쳐놓았다. 법랑 컵에 달달하고 뜨끈한 커피믹스 한 잔을 타서 책 한 권을 들고 의자에 앉았다. 캠핑을 나온 것도 같았고 피크닉을 나와 있는 것 같았다.

아! 나 왜 여태 이런 생각을 못했던 것일까? 이 집으로 이사 온 지 만 3년이 되어가는 동안 나는 왜 이 베란다, 이 위치에 작은 의자 하나 갖다 놓을 생각조차 하지 않았던 것이었을까.

평소 이곳에는 빨래건조대가 놓여 있었다. 나는 그저 거실 창에서 정면만 보고 앞 동만 보면서 가로막혔다고 답답해 했다. 조금만 고개를 돌리면 우리 집 주변 풍경을 누릴 수 있었는데.

요즘 내 하루의 시작과 끝은 베란다 캠핑 의자다. 아침이면 커피 한 잔을 마시고 아이 방에 불이 꺼지고 나면 맥주 한 잔을 마시기도 한다. 그곳에서 테이블 위로 다리를 올리고 책을 읽기도 하고 밤에는 작은 등을 켜고 노트북에 글을 쓰기도 한다.

비가 오면 비가 오는 대로, 화창하면 화창한 대로, 추우면 담요를 덮고, 눈부시면 선글라스를 썼다. 그렇게 오롯이 나만의 시간을 갖기 위해 나는 최대한 빠르게 나의 할 일들을 해치우고 베란다로 향한다.

그러다 문득 SNS에서 보았던 '베란다 캠핑'을 상상했다가 바로 그만두었다. 우선 빨래건조대를 둘 곳이 마땅치 않았다. 그리고 이 공간은 나의 쉼터 같은 곳이니 굳이 꾸밀 필요도 없다.

시선을 어느 쪽으로 향하느냐에 따라 마음이 달라지고, 삶을 대하는 자세가 달라진다. 언제나 내가 원하는 풍경들만 볼 수는 없다. 때로는 지하의 어둠이 유일한 풍경이 될 수도 있고, 건물로 꽉 막힌 풍경이 전부일 때도 있을 것이다.

하지만 아주 조금만 고개를 돌려보면 미처 알지 못했던 풍경들을 만난다. 그 풍경들을 보면서 '주미희, 오늘 하루도 수고했어'라며 위로의 시간을 가지면 된다. 그저 아무것도 아닌 것 같았던, 아무 의미 없이 흘러간다고만 생각했던 오늘이 한 달이 되고, 한 해가 된다.

　그저 살짝 고개를 돌려 보기로 한다. 늘 하나의 풍경만 있는 것은 아니니까. 내가 미처 보지 못했던 새로운 풍경들을 찾아내야지. 고개를 이렇게도 돌리고 저렇게도 돌려가며 새로운 나만의 뷰 포인트 발견 준비 완료!

휘승이는
1학년

최유빈

아이들을 위해서는 맛있는 밥을,
그리고 나를 위해서는 글밥을 짓는다.

막내 휘승이는 2020년, 코로나19가 시작된 해 입학했다.

1월 말경 몇 명씩 늘어나던 코로나19 확진자가 2월 중순이 지나자 수백 명씩 늘어났다. 3월 2일 예정이었던 입학식은 2번이 연기돼 평년보다 한 달이나 늦은 4월 6일에 할 수 있었다. 학교는 입학식 날에도 가족은 출입통제되었다. 3년 전 누나들이 입학할 때 할머니 할아버지와 웃으며 지나간 학교 정문을 휘승이는 얼굴 한 번 들지 않고 갯벌에서 발을 떼듯 힘겹게 혼자 지나갔다.

아이는 들어간 지 두 시간도 안 돼 나왔다. 메고 갔던 빈 가방에 교과서는 들어 있지 않았다. 당분간 교과서 공부는 하지 않고 집에서 프린트물로 공부할 거라는 안내문과 개인 방역, 학교 운영안내 등의 공문만 대여섯 장 들어 있었다.

재미있었냐, 선생님과 친구들은 어때 보이냐는 내 질문에 아이는 마스크를 끼고 있어서 잘 볼 수 없었다며 재미없었다고 힘없이 대답했다. 그날 오후 학교 홈페이지의 1학년 학급 방마다 아이들 사진이 올라왔다. 축 입학이라는 글자를 붙인 벽 앞에 풍선 기둥을 세우고 그 기둥 사이 아이가 서 있는 사진이었다. 비슷비슷한 사진 중 한 장이 휘승이의 유일한 입학 사진이 됐다.

휘승이는 입학식 이후 집에서 초등 생활을 했다. 나는 매일 아이의 건강상태와 출석을 체크해 앱으로 전송하고, 컴퓨터를 켜주고, 프린트한 수업과제를 줬다. 고학년인 누나들은 화상 수업을 하루에 한두 시간씩은 했지만 1학년인 휘승이 수업은 온라인 영상을 보거나 프린트된 과제를 하는 것이 다였다. EBS 방송을 다 봐도 2시간이 채 걸리지 않았다.

방송이 끝나도 휘승이는 젖은 낙엽이 붙듯 침대 위에 붙어 일어날 줄 몰랐다. 온라인으로 '학교생활'을 배우고, 집에서 '친구야 놀자'를 배웠다.

5월이 되자 코로나19 확진자가 100명 안으로 줄고 확산이 진정된 듯했다. 학교에서는 전교생을 일자별로 나눠 많은 인원이 모이지 않도록 계획한 표를 보냈다. 휘승이는 격주로 3일 혹은 2일씩 등교를 시작했다. 그런데 며칠 등교하더니 안 가고 싶다며 눈물을 글썽였다.

코로나19로 학교생활은 전과 많이 달라진 것 같았다. 알림장에 따르면 수업은 쉬는 시간 없이 이어졌다. 점심은 당분간 먹지 않는다고 했다. 화장실은 가고 싶을 때 조용히 혼자 다녀왔다. 등교할 때 체온을 재야 하니 정해진 시간보다 먼저 들어가는 것도 안 됐다.

운동장 놀이시설은 줄로 묶여 있었다. 운동장에서 뛰어노는 것도 안 됐다. 방과 후 아이들이 몇 명 운동장에 남은 모습이 보이면 집에 가라 재촉하는 방송이 나왔다. 음악은 감상 수업으로 바뀌었고 체육 수업은 안전교육으로 바뀌었다.

휘승이는 등교하고 3시간 후면 집에 왔다. 그 짧은 시간도 가기 싫다고 했다. 마스크를 쓰고 앉아 있어야 할 교실을 생각하니 나도 숨이 막히는 느낌이었다. 학교만 가면 친구도 사귀고 학교를 좋아하게 될 거로 생각한 것은 내 실수였다.

휘승이는 호기심도 운동량도 많은 아이다. 처음 보는 사람에게도 이게 뭐냐고, 뭐 하고 있냐고 말도 잘 건다. 청계

산, 마니산 등 대여섯 시간 등산도 힘들어하지 않는 아이다. 그런 아이를 친구와 이야기하는 것도, 모여 있는 것도 안 되고 화장실 가는 것 말고는 가만히 있으라 하니 아이로서는 눈물 날 만큼 가기 싫을 수밖에.

몸을 부대끼며 놀지 못하는 학교에서 아이들은 친해지기 어려워 보였다. 휘승이가 친구 이름 하나 아는 데 한 달 정도 걸렸다. 그것도 하교할 때 밖에서 기다리는 엄마들 앞에서 자기들이 같은 반이라며 수줍게 인사하고 서로 이름을 물은 후였다. 그 친구 이름은 준우였다.

준우 엄마 말이 준우는 아파트에 살아 놀이터에서 친구를 조금 사귀었다고 했다. 우리는 주택에 살아 친구를 사귈 놀이터가 없었다. 골목에는 걸어 다니는 사람 없이 차만 다녔다. 1학년이 되면 축구팀에 들어가 친구를 사귀리라 생각했지만 코로나19로 팀은 만들어지지 않았고 친구를 집으로 초대할 수도 없었다.

어떤 달은 등교하는 날보다 안 하는 날이 더 많기도 했다. 등교했다가도 반에 밀접접촉자가 생기면 모두 하교했다. 학생 중에 확진자가 나오면 학교 전체가 휴교했다.

선생님은 등교하는 날이면 집에서 온라인으로 수업한 프

린트물을 걷고 받아쓰기나 연산 시험을 봤다. 며칠 안 되는 등교 날에 검사를 받고 시험을 봐야 한다는 것이 안쓰러웠다. 받아쓰기 급수장을 나눠주고 그대로 시험을 봤지만, 아이의 성적은 그다지 좋지 않았다.

어느 날 휘승이가 애벌레가 기는 속도로 노트 한 권을 나에게 내밀었다. 0점이 적힌 받아쓰기 노트였다. 동그랗게 뜬 눈으로 나를 살피는 아이가 안쓰러워 누나도 0점 받아온 적 있다고, 앞으로 10점을 받아도 이거보다는 잘하는 거라고 엉덩이를 두드리며 안아줬다. 그 후 아이의 받아쓰기 점수는 50점을 넘기기 힘들었다. 괜찮다고 말해서 그런가 싶었다.

입학한 지 얼마 안 된 것 같은데 금방 방학을 하고 2학기가 시작됐다. 1학기 때와 다르지 않은 날들이었다.

휘승이가 등교준비를 빨리하고 현관에서 나를 기다리는 날은 가방에 뭔가를 숨겨가는 날이라는 것을 한 달 정도 지나 알았다. 그런 날 가방을 보면 포켓몬 카드, 젤리, 색종이 다발 같은 것들이 들어 있었다.

"선생님이 먹는 거 가져오지 말고, 친구들하고 모여 노는 건 하지 말라 하셨잖아."

"젤리는 선생님 몰래 마스크 안에서 녹여 먹으면 돼. 친구들도 그래. 도훈이가 미니카 접어준다고 했어. 미니카로 경주하고 논단 말이야."

아이와 실랑이를 할 수 없어 망설이다 빼지 못하고 가방 깊숙이 넣었다.

"그럼, 선생님께 혼나면 안 하기야. 젤리 먹거나 색종이 접는 건 점심 먹고 해. 알았지?"

2학기도 끝나갈 때쯤 휘승이는 학교 친구를 몇 명 더 사귄 것 같았다. 방과 후 교문 밖에서 친구와 포켓몬 카드를 교환한다거나 학교 옆 아파트 놀이터에서 친구와 논다고 늦게 데리러 오라고 했다. 어느 날은 1학기 때 사귄 준우를 집에 초대했다. 마당에서 아이들은 막대기 끝에 개껌을 달고 뛰었다. 강아지 딸기, 땅콩이는 아이들 뒤를 따라 뛰었다. 오랜만에 아이들의 웃음소리가 마당에 가득 찼다.

다음 해 1월, 1학년 종업식을 할 때도 코로나19의 상황은 변하지 않았다. 휘승이의 받아쓰기 점수도 변하지 않았다. 하지만 휘승이에게 학교는 재미있는 곳, 가고 싶은 곳이 됐다.

코로나19 상황이 어떻든 아이는 건강하게 자라고 있었다.

꽃봉오리 시기

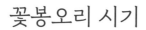

최은주

좋은 글을 쓰고 싶고, 꿈꾸는 부자가 되고 싶다.
지은 책으로는 『스무 살 딸에게 보내는
엄마의 부동산 투자 편지』가 있다.

4월 초에 2박 3일 가평여행을 다녀왔다. 나의 생일기념으로 가족여행을 계획하면서 걱정이 되었던 건 이번에 대학에 들어간 딸들의 스케줄이었다. 딸들은 대학 합격 소식을 들은 이후로 학교에 간 적이 없다. 코로나를 이유로 모든 수업이 비대면으로 이루어지면서 작은딸은 놀기라도 해야 한다며 기숙사에 들어갔지만, 삼수를 한 큰딸은 아르바이트를 한다며 그나마도 하지 않았다.

그렇다고 개인 스케줄을 고려치 않으면 딸들을 존중하지 않는 엄마가 되어서 딸들에게 된통 혼이 나곤 한다. 다행히 딸들은 스케줄을 뺐고, 비대면 수업을 위한 노트북과 탭

들을 챙겼다. 수업을 어떻게 들을지 생각해보겠다고 했다. 돌아오는 날인 수요일에 수업이 가장 많다며 숙소에서 아침 수업을 듣고 출발하고, 오후 수업은 집에 와서 들으면 되지 않을까 하면서 짐을 꾸렸다.

날씨는 정말 좋았다. 적당히 따뜻한 햇볕에 적당히 눈부신 하늘과 바람은 기분을 좋게 했다. 아파트 화단의 목련은 활짝 피어 있었고, 벚꽃은 핀 것도 있었고 필 듯 말 듯 봉오리인 것도 있었다. 고속도로를 달리면서 멀리 보이는 개나리를 보면서도 봄이구나 했다.

2시간 정도 달려 가평 숙소에 도착했다. 도착해서 보니 아침고요수목원이 걸어서 5분 거리에 있었다. 옆으로 계곡물이 흐르고, 산이 앞뒤로 보이는 펜션의 이곳저곳을 설명하는 주인장을 뒤로 하고 큰딸은 노트북을 찾았다. 곧 수업이라며 노트북을 들고 가장 조용한 방으로 뛰어 들어갔다. 아무리 비대면 수업이라지만 캠을 켜고 얼굴인증 출석을 해야 한단다. 큰딸은 머리를 묶고 입술에 틴트를 발랐다.

큰딸이 수업을 듣는 사이, 아들과 남편은 수영복으로 갈아입고 수영장으로 갔다. 잠이 많은 작은 딸은 비대면 수업으로 인해 더욱 밤낮이 바뀌어서 어느새 방 하나에 들어가 잠이 들었다. 나는 책 한 권을 들고 테라스 흔들의자에 앉았다. 방에서 큰딸이 듣는 강의 소리가 들렸다.

나의 대학 생활이 떠올랐다. 수업 시작 10분을 남겼던 날 난 교문부터 강의실까지 뛰었다. 그리고 강의실에 들어서면서 네, 하고 소리쳤었다. 어떤 친구는 친구들에게 목소리만 달리해서 대리출석을 해달라 하곤 했었다. 그 친구는 동아리방에서 낮술을 먹느라 거의 매일 친구들에게 출석 숙제를 내주곤 했었다. 그런 재미있는 추억거리가 없는 딸들의 대학 생활이 딱해 보였다.

"수업은 뭘 했는지 모르겠구먼. 과제는 왜 이렇게 많이 내주는지 몰라."

흔들의자에서 잠시 조는 동안 수업을 마친 큰딸이 투덜대며 나왔다. 그리곤 배고프다며 부엌으로 향했다.

나는 그릴에 고기를 구웠다. 수영하고 나온 남편과 아들, 강의 듣기를 마친 큰딸, 잠자다 나온 둘째까지 모두 허기진다며 고기를 굽기 무섭게 집어먹었다. 배가 좀 채워지자 모닥불을 피우고 다섯 식구가 동그랗게 모여 앉았다. 과일을 먹으며 모닥불에 마시멜로와 고구마를 구웠다.

두 딸은 그동안 소규모로 과 동기를 만난 이야기를 했다.

코로나로 인해 과 모임을 전체적으로 할 수 없어서 선배 몇 명과 현역 몇 명이 돌아가면서 모임을 하고 얼굴을 익혔다고 했다. 과 동기들을 전체적으로 보는 건 노트북 안의 작은 화면 안에서뿐이라며 길에서 만나면 모를 거라고 말했다.

딸 둘 다 신촌의 한 호프집에서 모임을 했는데 그 호프집은 대부분 연세대학교 학생들인 것 같다고 말했다. 삼수를 한 큰딸은 자기가 나이가 가장 많을 줄 알았는데 25살짜리 언니가 있다며 다행이라고 했다.

다음 날도 두 딸은 수업시간이 되면 각자 노트북을 들고 들어갔다. 난 침대나 소파, 베란다 등 이곳저곳에 앉아 책을 읽다 졸다 했다.

대학의 낭만도, 추억도 없이 컴퓨터 속에서 수업을 하는 딸들. 작은딸이 듣는 글쓰기 강의조차 이론만 있었다. 내가 글쓰기 수업을 듣는 것을 아는 작은 딸이 한마디 했다.

"아무리 학문적 논문을 쓰는 방법에 관한 글쓰기라곤 하지만 엄마의 글쓰기 수업하고는 달라. 너무 딱딱해. 감성이 없어."

남편과 나는 우리의 대학 생활과는 많이 다른 아이들이 안쓰러웠다. 동기들, 선배들과 즐기고 우정을 말하고, 미래를 함께 걱정하던 시간이 지금의 아이들에겐 없었다. 그냥 혼자서 강의를 듣는 것이 전부였다. 나와 상대가 있으면 그게 누구든 상호작용이란 게 있고, 교감이란 게 있게 마련인데 서로 통한다는 느낌을 얼마나 주고받을까.

난 남편과 함께 가까이에 있는 아침고요수목원을 갔다. 수목원에는 아직 피지 않은 수선화와 튤립이 많았다. 문득 난 이런 계절에 태어났구나 생각이 들었다. 겨울과 봄의 경계에서 꽃을 피우기 위해 애써야 하는 시기. 해와 바람, 물의 도움을 받아서 기를 쓰고 버텨야 예쁜 모양의 꽃을 피우는 초봄. 그러면서 쌀쌀한 꽃샘추위도 견뎌야 하는 때.

비대면 수업을 하는 딸들도 이 시기를 잘 보내고 나면 알겠지. 비대면 수업이라서 재미가 덜하긴 하지만, 지금이 예쁜 꽃을 피우기 위한 꽃봉오리 시기였단 것을.

어쩌면 우리가 사는 지금의 비대면 시간은 이런 꽃봉오리 시기가 아닐까? 물론, 그 많은 봉오리 중에는 꽃을 피우지 못하고 그대로 시들어 버리는 봉오리들도 있을 것이다. 그럼에도 봉오리들은 매년 한겨울을 견디고, 다시 꽃샘추위를 넘기며 꽃을 피울 준비를 하고 올라온다. 딸들의 비대면 시기의 봉오리가 시들지 않고 예쁘고 아름다운 꽃으로 피어

날 준비의 시기가 되었으면 좋겠다.

핸드폰으로 인스타그램을 보고 있던 큰딸이 활짝 핀 벚꽃 사진을 보여주며 말한다.

"엄마 아빠, 이 사진 봐. 여기도 곧 꽃이 피겠지?"

'국가대표' 사장

최은주

토요일 오후.

청주에서 일을 마치고 올라가는 중이었다. 오후 2시부터 시작된 6건의 계약은 5시 30분이 되어서야 끝이 났다. 진이 빠질 대로 빠진 상태로 밀리는 고속도로에서 가다 서다를 반복하는 중에 가족 카톡방이 울려댔다. 저녁을 뭘 먹을지 한창 이야기 중이었다. 그리고 다들 나의 도착 시각을 물었다. 나는 내비게이션에 찍힌 도착 예정 시각은 8시라고 문자로 찍었다. 아이들이 정한 메뉴는 삼겹살. 우리는 경희대 앞에 있는 '국가대표'로 가기로 했다.

집 앞 주차장에 도착해서 남편과 아이들을 차에 태워 식당으로 갔다. 그런데 주차장이 차들로 꽉 차 있었다. 불과 한 달 전에 왔을 때만 해도 식당 사장은 울상이었다. 저녁 피크 시간인데도 식당 안에는 우리 식구가 앉아 있는 테이블을 을 제외하면 손님이 있는 테이블이 한 곳도 없었다.

"사람이 많을 때 식당 문을 닫고 집에 가면 손목이 아파 서 파스를 여러 개 붙이고 잤거든요. 그런데 요즘은 파스를 마음에 붙여야 할 판이라니까요. 답답해서⋯⋯."

주차할 자리가 마땅치 않자 사장이 나와서 주차를 도와 줬다. 그리고 미안한 듯 말했다.

"조금만 기다려 주세요. 한 팀이 곧 나가거든요. 바로 치 우고 세팅해 드릴게요."

식당 제한시간을 풀어준다는 뉴스를 보긴 했지만, 이렇 게 상황이 빠르게 비뀔 거라고는 생각하지 못했다. 이 식당 뿐 아니라 옆의 술집들도, 위에 보이는 노래방에도 사람들 이 많았다. 그냥 거리 자체에 사람이 많았다. 토요일이 정말 토요일 같았다.

우린 사장이 안내하는 식당 한쪽 테이블에 앉았다. 식당 안은 사람들이 가득 차 있었다. 테이블과 테이블 사이를 조 심하며 걸었다. 사람이 꽉 찬 식당은 비좁았다. 지난달엔 아무 자리에나 편하게 앉을 수 있었는데 말이다. 삼겹살 굽는 소리, 소주 따르는 소리, 밥 볶는 소리, 거기에 사람들의 목소리까지 식당 안은 활기로 가득 찼다.

사장이 테이블에 밑반찬을 놓는 동안 나는 말했다.

"사장님, 이제 진짜 국가대표 같네요. 지난달하고는 완전 다른데요."

중개를 처음 시작할 때쯤부터 알게 된 사장이니 인연이 짧지는 않다. 나이도 같다. 그래서 우리는 늘 서로 응원하고 덕담을 주고받는 친구 같은 사이다.

"이제 좀 낫죠. 학기 시작하고 모임들도 많고. 이제 손목에 파스 좀 붙일 것 같네요. 그래도 워낙 마이너스 시간이 길어서 원상복구하려면 시간이 좀 걸릴 듯해요."

"늘 응원합니다. 국가대표 화이팅! 우리 생대패삼겹살 3인분하고, 항정살 2인분 주세요."

바쁜 사장을 보니 지쳤던 몸에 생기가 돌았다.

사장은 커다란 돌판을 돼지 지방으로 닦고 생고기와 새송이버섯, 대하, 김치, 파채, 콩나물을 차례로 올렸다.

"딸들, 학교 잘 다니고 있어요? 재밌죠?"

사장은 고기를 구우면서 딸들의 안부를 물었다.

"아직 비대면이라서요."

"그게 얼른 풀려야 할 텐데. 그래야 대학교가 재미있지. 우리처럼 학교 앞에서 하는 식당들도 좀 살고."

사장은 다른 테이블로 가서 밥을 볶았다.

남편은 삼겹살을 구웠다. 얇은 생대패삼겹살은 빨리 구워졌다. 다들 고기가 구워지기 무섭게 젓가락질을 하느라 바빴다. 나는 2인분을 더 시켰다. 평소 양이 적은 딸들도 이 집에 오면 꽤 많이 먹는다.

두 번째 고기를 돌판에 올려주며 사장이 말했다.

"이 대하를 없앨까 여러 번 고민했었어요. 장사는 안 되는데 이 서비스를 계속 줘야 하나 하고요. 그래도 처음 마음 그대로 원칙을 지켰더니 오늘은 사람이 많네요. 좋은 날이 또 오겠지요."

사장의 고민은 모든 자영업자의 고민이 아닐까. 줄일 수 있는 비용이 직원밖에 없는 상황에서 서비스에 대한 고민을 어찌 안 할 수 있을까? 휴폐업이 늘어가고 그냥 하루 버티기도 힘든 상황에서 처음 원칙을 지키는 사장이 대단해 보였다.

순간 고기 기름이 튀었다. 우리는 깜짝 놀라며 몸을 뒤로

젖혔다. 그러나 사장은 피하지 않고 고기를 구웠다. 그러고 보니 그의 손에는 기름에 덴 자국들이 드문드문 보였다. 그리고 손목엔 파스가 붙어 있었다.

계산을 하면서 나는 사장에게 말했다.

"오늘 손님 많은 거 보고 가니 좋네요. 영양제 잘 챙겨 드세요. 돈 더 많이 벌어야 하니까."

"감사합니다. 딸들, 다음에 오면 사이다 서비스! 아니, 소주 줘야 하나?"

우린 술은 줘도 못 먹는다며 웃으며 식당을 나왔다.

딸들은 후식을 사서 들어온다고 하고, 난 좀 걷고 싶었다. 아들과 남편만 차를 타고 집으로 돌아갔다. 난 영통 시내 쪽을 향해 걸었다. 분위기가 완전히 달라져 있었다. 간판의 불이야 늘 켜져 있었지만, 그동안 거리는 휑하고 생기가 없었다.

하지만 사람들이 북적이는 거리는 살아있는 느낌이 들었다. 왁자지껄 사람들의 소리가 요란했다. 가게마다 사람들이 많았고, 걷는 동안 사람들의 어깨가 부딪혔다. 코로나를 곁에 둔 새로운 코로나 세상이 시작되었다. 나는 또 다른 국가 대표 사장들도 가슴에 붙였던 파스들을 떼어가길 빌었다.

하지만 사람들이 북적이는 거리는 살아있는 느낌이 들었다. 왁자지껄 사람들의 소리가 요란했다. 가게마다 사람들이 많았고, 걷는 동안 사람들의 어깨가 부딪혔다. 코로나를 곁에 둔 새로운 코로나 세상이 시작되었다. 나는 또 다른 국가대표 사장들도 가슴에 붙였던 파스들을 떼어가길 빌었다.

빛나는
너의 봄날

최지혜

평일은 회사원, 주말은 고추 농사를 지으면서
틈틈이 글을 쓴다.

며칠간 머문 비구름이 미세먼지를 싹 씻어준 듯 공기는 맑고 불어오는 바람은 시원했다. 평일에 비가 와서 걱정했는데 일요일은 날씨가 아주 화창했다. 제법 따갑게 느껴질 정도로 봄볕치고는 햇볕도 쨍하게 내리쬐었다. 나가지 않고는 못 배길 것 같은 완벽한 날씨의 봄날에 지희는 결혼식을 올렸다.

　우리는 첫 직장 입사 동기다. 나이도 동갑이고 동글동글한 인상에 자그마한 체격도 나와 비슷하다. 직무도 둘 다 영업이어서 항상 같이 다니며 업무를 배우고 서로 의지할 때가 많아서 우리 둘은 입사 초반 마치 1+1 세트처럼 함께했다.

우리는 5년간 함께 근무하면서 20대 후반에 할 법한 연애 고민이나 진로 고민도 하고, 여름 휴가를 맞추어 함께 해외여행도 갔다 올 정도로 가깝게 지냈다.

나는 28살이 되던 해 결혼을 했다. 그리 적은 나이는 아니지만 주변 친구들에 비해 결혼을 조금 일찍 한 편이다. 내가 회사 동기들에게 결혼 소식을 알리자 안 그래도 동그란 지희의 눈이 더 커졌다. 그 표정이 아직도 또렷하게 기억난다. 연애 상대를 고르는 것도 어려운데 결혼은 어떻게 결심하게 된 것인지 너무 궁금하다며 자기는 과연 결혼할 수 있을지 모르겠다면서 지희는 나에게 한숨을 푹푹 쉬었다.

그런 지희가 2년 간의 교재를 통해 자기 짝을 만나 결혼을 한다. 똘망똘망하고 꼼꼼해 보이는 외모나 첫인상은 나와 비슷하지만 속을 들여다보면 나와 지희는 아주 다른 성향을 가졌다.

나는 가끔 나사가 풀린 듯 허술하고 흐르는 물에 몸을 맡기듯 주변 일을 대수롭지 않게 긍정적으로 여기는 편이다.

반면에 지희는 철저하게 계획에 따라 움직이려고 하며 혹여 발생할지 모를 돌발 상황을 걱정하며 그 상황을 대비할 방도까지 고민하는 사람이다.

서핑을 하러 강원도에 가는 주말이 아니면 집에 누워 있는 나와는 다르게 지희는 항상 무언가를 배워서 취미를 만들거나 강연을 들으러 다니기도 하면서 주말을 허투루 쓰지 않았다.

지희의 결혼 로망은 야외에서 하는 스몰웨딩이었다. 외국 영화 속 결혼식처럼 가족들과 가까운 친구들만 불러서 파티 같은 결혼식을 하고 싶다고 했다. 결혼식장은 북촌 한옥마을에 있는 작은 한옥이었다.

날씨가 좋아서 주말 나들이객으로 붐빌 것 같아서 서둘러 나왔더니 결혼식 한 시간 전에 도착했다. 결혼식장은 안국역에서 내려서 한옥마을 쪽으로 10여 분 남짓 거리에 위치해 있었다. 건물 입구 앞에 놓인 화환으로 결혼식장임을 짐작하고 안으로 들어갔다. 식장에 들어서니 지희가 그동안 얼마나 열심히 결혼식을 계획하고 준비했을지가 느껴졌다.

결혼식장은 지희의 취향을 가득 담고 있었고 그녀와 너무나 잘 어울렸다. ㄷ자형 한옥 건물이 멋진 배경을 만들어 주었다. 식장에 깔린 연두색 인조잔디는 햇볕에 반짝여서 마치 방금 물을 준 잔디처럼 싱그러워 보였다.

잔디 위에는 신랑측 신부측 각각 50명 남짓한 의자와 흰색 파라솔이 놓여 있는데 적은 수의 좌석이지만 마당이 작아서 가득 찬 느낌을 주었다. 튤립, 프리지어, 장미 등 갖가지 노란색 꽃들로 장식된 예식장을 보니 노랑색 귀걸이와 원피스를 즐겨 입던 지희의 모습이 떠올랐다.

하객을 100명 이내로 조정하긴 했지만 좌석 수는 조금 부족했다. 결혼식이 시작되자 식장 옆에 서 있거나 뒤편 계단으로 올라가 위에서 식을 보는 하객이 많았다. 일찍 도착한 덕분에 나는 좌석에 앉았지만 앉아 있는 것도 쉽지는 않았다. 정수리로 내리쬐는 오후의 햇볕에 파라솔 그늘도 소용이 없었다. 하객들은 조금 불편했지만 작은 공간을 여러 사람이 가득 에워싸고 있으니 많은 사람이 축하해주러 온 것 같은 느낌도 났다.

양가 부모님과 직계가족은 양복 정장을 입었는데 한복을 입지 않아도 한눈에 신랑 신부의 가족임을 알 수 있었다. 결혼식장에서 마스크를 쓰지 않은 사람들은 신랑, 신부 그리고 양가 부모님뿐이었다. 마치 오늘의 주인공은 우리라는 것을 마스크 없는 맨 얼굴을 통해 말해주고 있는 것 같기도 했다. 하객들은 모두 마스크를 쓰고 있었다.

신랑, 신부와 기념 촬영을 할 때도 하객들은 마스크를 꼭 쓰고 있었다. 이를 환하게 보이며 웃는 것은 이 날의 주인공인 신랑 신부의 특권이었다.

결혼식이 끝나고 마지막 순서로 신랑 신부의 친구들의 기념촬영 순서가 되었다. 친구들이 열과 줄을 맞추어 단체 사진 몇 번을 찍었는데 마지막에 촬영 기사가 마스크를 한 번만 다같이 내리고 찍기를 제안했다.

"강요하는 것은 아니니 불편하신 분들은 벗지 않으셔도 됩니다. 하나 둘 셋 하면 마스크 벗고 잠시만 숨을 참아주세요!"

많은 친구들의 축복을 받는 모습을 예쁘게 남겨주고 싶은 촬영 기사의 마음이 이해가 갔다. 촬영기사의 신호에 맞추어 대부분의 친구들은 흔쾌히 마스크를 벗고 잠시 숨을 참았다. 나도 그 순간만큼은 마스크를 벗어서 손에 쥐고 카메라를 향해 미소를 지었다.

내 결혼식 사진을 보면 한껏 멋지고 예쁘게 꾸미고 온 얼굴들이 온 마음을 다해 축하해주는 것이 보인다. 누구는 환하게 웃으며 환호하고, 누구는 온화한 미소를 띄고 있다. 하객들 모두 각자 저마다의 얼굴과 표정으로 그날의 나와 남편을 축하해주고 있다.

내 친구가 나중에 오늘의 사진을 보면서 자기를 축하해 준 사람들의 생생한 표정을 온전히 볼 수 없다는 사실이 조금 안타깝게 느껴졌다. 결혼하는 두 사람의 앞날을 축복하고 기뻐하는 마음은 모두가 같은데 가려진 얼굴 표정처럼 하객들의 마음도 마스크에 가려지는 것은 아닌지 걱정도 되었다.

그렇지만 하객들이 쓴 마스크가 대수인가. 오늘의 주인공인 신부가 화창한 봄날의 햇살만큼 아름다웠는데.

신부의 눈물샘을 건드리는 위기가 몇 번 있었지만 친구는 끝내 울지 않고 밝게 웃으며 식을 마무리했다. 아무래도 결혼식에서 우는 것은 친구의 계획에 없었던 것 같다. 축복해주는 하객들의 마음을 담은 듯 결혼식 내내 밝게 웃어주는 친구를 보니 이런 시국에 아프지 않고 계획대로 결혼식을 멋지게 치른 것만으로도 정말 감사했다. 하객들의 흰색 마스크도 결혼식장을 장식한 흰색 꽃들처럼 친구의 아름다운 날을 더욱 빛내 준 소중하고 귀한 추억일 것이다.

할머니,
그래도 봄이 왔어요

최지혜

할머니는 올해 아흔한 살이다. 할머니가 치매에 걸린 후 2015년 요양원에 들어가셨으니 올해로 8년째다. 요양원에 들어가신 직후 아빠를 따라 할머니를 뵈러 두 번 정도 면회를 갔었다. 경기도 장흥에 위치한 곳이었는데, 계곡과 팬션들을 지나 구불구불한 산길을 따라가니 그 끝에 요양원이 있었다.

요양원에 처음 갔을 때 모습은 정말 생경했다. 1층 로비에서 방문자 기록을 작성하고 엘리베이터를 타고 할머니가 계신 3층에 내리자 휴게실 같은 공간에 족히 열 분은 넘는 할머니가 일제히 눈길을 우리를 쳐다봤다.

할머니가 계신 방을 찾아가면서 다른 방을 지나는데 방에 계신 할머니들이 모두 우리를 유심히 쳐다보았다. 나는 눈이 마주치는 할머니들마다 인사를 하기도, 하지 않기도 애매했다.

이윽고 할머니 방에 도착하자 할머니는 우리를 보고 활짝 웃으셨다. 할머니 침대 머리맡에는 약봉지와 두유, 모나카 같은 간식이 놓여 있었다. 할머니는 아빠와 나를 번갈아 보시며 웃는 표정으로 무언가 말씀하셨는데 나는 잘 알아듣지 못한 채 네, 네 하고 대답만 했다.

우리가 있는 내내 할머니는 아빠 손을 놓지 않고 꼭 잡고 계셨다. 나는 할머니의 팔을 잡고 있었다.

내가 두 살 무렵 갓 태어난 동생이 신생아 중환자실에 입원을 몇 달간 했다고 한다. 그래서 엄마는 병원에 있는 시간이 많았고 나는 잠시 아빠와 함께 할머니 댁에 있었다. 그때 나는 할머니의 팔과 조글조글한 팔꿈치 살을 좋아해서 잠이 들 때면 항상 할머니 팔을 만지며 갔다고 한다.

나는 할머니의 팔을 잡고 내가 좋아했다던 할머니 팔의 감촉을 느끼고 싶었다. 초등학교를 졸업하기 전까지만 해도 우리 가족은 주말이면 한 달에 두 번, 많으면 세 번도 할머니를 뵈러 갔다.

할머니는 고모와 함께 의정부에 사셨는데 일찍이 고모부와 사별하고 가장이 되어 바깥 일을 하는 고모 대신 사촌오빠와 언니를 돌봐 주시며 고모네 살림을 도맡아 하셨다.

할머니는 삼 남매 중 막내 아들인 아빠를 가장 아끼고 좋아하셨다. 할머니는 아빠가 어릴 적 좋아했던 반찬을 해주시고 이따금 강원도에서 이모들이 보내줬다며 가자미식혜를 주셨다. 아빠는 그런 할머니의 손맛이 담긴 밥을 좋아했고, 할머니와 막걸리를 마시며 밤 늦도록 두런두런 얘기를 나누었다.

나는 본가가 강릉이지만 강원도에서 산 적은 없다. 대신 할머니의 음식을 통해 강원도 음식을 접하고, 강원도에서 살았던 아빠의 어릴 적 밥상을 짐작해 볼 수 있었다.

할머니가 해주시던 투박한 메밀김치전은 아빠와 내가 좋아하는 별미다. 메밀김치전은 부침가루 대신 메밀가루를 사용해서 붉은 회색빛이 난다. 김치는 배추 결을 따라 서너 번만 길쭉하게 찢어서 그 위에 올린다. 아직도 한정식집에서 나오는 김치가 잘게 썰려 있는 동그랗고 빨간색 김치전보다 할머니의 메밀김치전이 내 입맛에 더 맞는다.

나와 동생이 중학교를 들어가면서부터 학원을 다니고 공부를 한다는 이유로 엄마 아빠만 할머니 댁에 잠시 다녀오고, 우리는 할머니를 명절에나 보게 되었다.

요양원에 계시면서 할머니의 치매 증세는 빠르게 나빠졌다. 면회는 종종 아빠 혼자 다녀오셨는데 아빠가 할머니를 보고 온 날이면 집에 와서 많이 운다고 했다. 당시에는 그런 말을 들으면 더욱 겁이 나서 할머니를 보러 요양원에 갈 용기가 나지 않았다.

명절에 아빠를 따라서 요양원에 갈 걸, 할머니가 간식으로 드시는 두유라도 한 박스 사드릴 걸. 뒤늦게 후회가 밀려온다. 이제는 할머니를 보러 가고 싶어도 갈 수가 없다. 코로나로 면회도 어렵고 무엇보다도 올해 초부터 할머니의 건강 상태가 급격하게 나빠졌기 때문이다.

코로나가 극성을 부릴 때에도 할머니는 코로나에 걸리지 않아서 잘 피해가나 싶었지만 그만 2022년 3월 폐렴에 걸리셨다. 그래서 머물던 요양원에서 포천에 위치한 병원으로 입원하여 폐렴 치료를 받으셨다.

그러던 중 할머니가 계신 병원에서 집단 감염이 발생했다. 초고령에 폐렴까지 앓고 있던 할머니는 결국 코로나를 피하지 못하셨고 코로나 집중 치료를 위해 음압 병실이 있는 시설로 옮겨졌다. 완전히 상태가 좋아지지 않았지만 음압 병실 수는 한정되어 있어 코로나 집중 치료는 일주일 남짓 이루어졌고 병실을 옮겨야 하는 상황이 되었다.

폐렴과 코로나로 병원 생활이 길어져 할머니는 장염과 욕창이 생겨 치료를 위해 다른 병원을 알아봐야 했다. 할머니는 의정부 성모병원으로 이송되어 치료를 받으셨고 담당 의사 선생님은 아빠에게 마음의 준비를 하라고 말했다. 그렇게 가족들은 할머니를 보낼 마음의 준비를 하며 3월 마지막 주를 보냈다.

하지만 할머니는 삶에 대한 의지가 강한 분이셨다. 의사 선생님이 할머니의 건강 상태가 많이 좋아져서 식사도 잘하시고 많이 좋아지셨다고 했다. 예전에 계시던 요양원에서 코로나 환자가 많이 나오고 있어서 새로운 요양원을 수소문해 지금은 의정부에 위치한 요양원에 계시다.

요양원의 면회는 여전히 제한적이다. 유리 칸막이를 통해서만 얼굴을 볼 수 있고 대화는 핸드폰 스피커폰을 켜 놓고 대화를 할 수 있다고 한다.

코로나가 조금 잠잠해지고, 요양원 면회가 조금 자유로

워지면 두유를 사서 아빠를 따라 면회를 가야겠다. 공부해야 한다고, 직장 다니니 힘들다고, 연애도 해야 한다고 갖은 핑계를 대며 할머니를 뵈러 가지 못했는데 이 시간이 이렇게 길어질 줄은 몰랐다.

내가 원하면 언제든 할머니를 보러 갈 수 있을 줄 알았다. 하지만 당연한 일상은 사실은 당연한 게 아니라 소중한 것이었고, 언제나 그 자리에서 무한하게 사랑을 줄 수 있는 사람은 세상에 없다는 것을 뒤늦게 깨달았다. 손녀의 어리석음이 후회로 남지 않도록 할머니가 더는 아프지 않고 조금 더 건강하게 지내 주셨으면 좋겠다.

벚꽃이 하루아침에 팝콘 터지듯 만개하고 활짝 핀 목련꽃이 버거워 목련 나뭇가지는 늘어져 있는 봄이 왔다. 할머니가 계신 요양원의 방에도 봄의 기운이 한 움큼 전해졌으면 좋겠다. 요양원 마당에 할머니와 나가서 햇볕을 쬐며 봄이 왔다고 꽃을 따다 할머니손에 쥐어 주고 싶다.

오늘도 계속

2022년 팬데믹을 지나는 우리들의 이야기

초판 1쇄 2022년 7월 30일
지 은 이 강인성 외
펴 낸 이 임후남
펴 낸 곳 생각을담는집

주 소 (17167) 경기도 용인시 처인구 원삼면 사암로 59-11
전 화 070-8274-8587
팩 스 031-321-8587
전자우편 seangak@naver.com
블 로 그 https://blog.naver.com/seangak
©강인성, 2022, Printed in Seoul, Korea

ISBN 978-89-94981-01-7 03810